# 転生して豪商娘だったのに後宮入りですか!?



柚原テイル

Illustrator SHABON

Jewel
ジュエルブックス

# 目次

contents

※本作品の内容はすべてフィクションです。
実在の人物・団体・事件などには一切関係ありません。

後宮の寝所へ呼ばれる時は、いつも緊張して行きのことは覚えていない。

皇帝である彼が、数多《あまた》の妃嬪《きひん》の中から当然のように明鈴《めいりん》を呼びつけ、他の誰かなど欲しくはないと全身全霊で熱い肉杭を突き立ててきて初めて、その強烈な存在に抱かれているのが己だと……感じてしまう。

深夜――――閨房《ねや》の帳《とばり》に包まれ、さらに琥燈《ころう》の腕に捕らえられた中で、明鈴は恍惚に喘ぐ。

「今夜は眠る間も与えないぞ、明鈴」

自信に満ちた彼の声が、睦言の囁きよりも大きく、明鈴の顔近くで響いた。

幾度も明鈴の耳を心地好くさせる声……時にはとんでもないことを言って翻弄する、朗らかな奏《かなで》。

「――――琥燈様……」

瞼をうっすらと開けて琥燈を見ると、緋色の美しい獣のような瞳に射貫かれ、艶を帯びた輝きに為す術もなく従ってしまい、淫靡な刺激が強くなっていく。

長くてがっしりとした彼の指は、明鈴の身体を彼女よりも知り尽くしているように、ねっとりと這いながら蠢《うごめ》いて、指先から快楽を与えていき――――。

「んっ……あっ……ふぁ…………あぁ……」

それは、粟立った明鈴の肌を宥《なだ》めるようでもあり、隙あらば彼女の腰を持って深く肉杭を押し込むためでもある。

雄々しく反り返った先端が柔襞を割り入ってきたばかりなのに、琥燈はさらに求めてきて、さりげなく腰を引いて逃げようとしている明鈴の動きなど、お見通しのようだ。

今夜は寝台の上から逃げたところを、紫色の絨毯の上で、柱に背中を押しつけられて、向かい合ったまま肉竿で留められてしまっている。

背中から斜めになった腰は柱までこぶし一つ分。

腰を引くだけで逃げ出せる幅は、とても狭い。

わざと泳がされているみたいにも感じてしまうのは、琥燈が楽しそうなせい……。

「んっ……お願い……寝台で……ここでは、絨毯が汚れて……あっ……んぅ……」

「寝所を、愛しい寵姫《ちょうき》の蜜で汚して何が悪いんだ？」

明鈴の懇願《こんがん》を聞き入れず、それどころかいたぶるように、わざとくちゅくちゅと挿入の音を立てて、琥燈が動く。

「ああ、もっと深く栓をしてやればいい、俺はまだお前を満足できるほど貫いていないぞ」

「あぁ……っ、ふぁ……あっ……ん、っ……え……っ、ま……だ……あっ……」

――まだ、もっと……なの……？　てっきり、もう……奥だと……。

彼の口ぶりからすると、半分ぐらいしか挿《はい》っていないだろう熱杭が、明鈴の蜜壺を先端でごりごりと確かめるように媚裂に吸い付いてくる。

淫らな柔襞がひくつきながら繋がっているその場所は、とても熱くて、溶け合っている感覚もあるのに、力強い彼の存在だけは巨大な芯のごとく中央にあった。

「いい加減、俺の形を刻め。三日前に抱いたばかりなのに膨らむ前の青い蕾《つぼみ》のように固く戻っている。毎夜知らしめなければ覚えない――――か？」

「あああっ……あっ！」

ぐさりと角度を変えて、琥燈がさっきより深く明鈴の中に肉杭を沈めた。

「まだ、たいして進んでいないぞ。お前を壊さぬように、慣らしてやろう」

「っ……あっ、んっ……んぅ……ふぁ……」

浅く、前後に動く抽送《ちゅうそう》が始まり、明鈴の膣肉を蕩《とろ》けさせ秘所を卑猥に乱していく。時折、明鈴の抵抗によりぎこちなく逸れた亀頭が、柔《やわ》い包皮を押し上げツンと敏感に尖った花芽を突く。

「あっ！　んっ……へ、ん……あっ……ぁあ……」

その刺激だけでも達してしまいそうだ。

甘美な蹂躪《じゅうりん》により、まぐわいの淫猥な香りが立ち込めていくのがわかり、頬どころか明鈴の身体全部が熱を帯びて桃色に染まっていく。

秘所を愛液がとろとろと伝っていく感覚がある。疼くようなこそばゆい刺激。

――どうして、こんなに蕩けてしまうの……？

恥ずかしいのに、嫌ではない――気持ち好く思ってしまうことが、明鈴の羞恥を掻き立てて、煽るように悦楽へと誘《いざな》っていく。

「んんっ……へん、あっ……ふぁ……！」

びくんと明鈴の背が反り、足首が痺れて戦慄《わなな》きが身体を襲った。

――琥燈は明鈴を簡単に絶頂へと導く。

「あ、あぁ……ふぁ……はぁ…………あっ……」

伸ばした足はすぐに弛緩し、喘ぎまじりのため息とともに、抵抗が弱まっていく。

とろりと蜜壺から愛液が溢れ、琥燈の肉棒の潤滑油となるみたいに媚裂に広がった気がした。

明鈴が達した気配を膣越しに感じたのか、彼の唇が笑みを作り、堪《こら》えきれないといった様子の獰猛《どうもう》な雄の息を吐く。

「そろそろ、か」

抽送の引き幅が遠くなり、琥燈が完全に肉杭を抜いたように秘部は安堵したが、明鈴の本能が危険を察した。

「やっ、待っ……あっ――」

「待たない。お前のここは、もう奥まで俺を迎える準備で濡れている……っ！」

――あああっ！　奥、奥に……！

蜜の中を、襞をめいっぱい広げて侵入してくる存在がある。

途端に息ができなくなり、明鈴は口をパクパクとしたまま身体の芯に至極の快楽を覚え、四肢に熱い痺れを感じていく。

また、達してしまった……。

「……っく……はっ……ぎちぎちと咥《くわ》え込んで、ねじり取られそうだ」

琥燈が深く激しい抽送を始める。もう、容赦も加減もなかった。

「ああっ……！　琥燈様……あっ、ん――あっ……ああぁっ」

はしたないと、頭の中では懸命に嬌声を止めようとしても、零《こぼ》れる甘い戦慄きは、ぜんぜん止まってくれない。

明鈴は首を振って乱されながら、白い火花が散る脳裏で、さらに先の光景に目を細めた。

――ああ……彼に全部、世界を変えられてしまった……。

続けて瞼をぎゅっと閉じても快楽の波にはあらがえない。

引き込まれてしまった極彩色の戦慄き。

色鮮やかで、激しく……めまぐるしい日常――。

明鈴の平穏は、彼によって塗り替えられてしまったのだから。

## 【プロローグ】記憶のある転生生活～苦労社会人から年頃豪商娘へ～

水犀国《すいさいこく》の都。賑やかな大通りから三条ほど奥まったところ、商家が並ぶ街並みの一つに、鄧《とう》桃天心楼《おうてんしんろう》はあった。

一帯は豪商と呼ばれる者しか住居を構えることができない一等地。家屋の面積も、お屋敷と呼べるほどにそれぞれが広い。

こぞって扉や柱の装飾、屋根飾りを豪奢にする金持ちの住まいの中で、酔狂《すいきょう》にも門を開け放ち、菓子屋の看板を出す店が、鄧家《とうけ》が営む鄧桃天心楼だった。

住居の一部を改装した店内は、艶やかに磨かれた上品な深緋色《こきあけ》に溢れている。

盆や茶器が並ぶ小卓、香りすぎないように選ばれた季節の生花、店内を照らす多数の吊灯《ちょうとう》、麒麟《きりん》の衝立《ついたて》も埃《ほこり》一つなく輝いていた。

そして、一番に目を引くのが名物の鄧桃饅頭《とうおうまんじゅう》が並んだ陳列台。それらは、まるで存在しないかのように磨かれた硝子で仕切られている。

皇帝の御用達饅頭であるこれらは、季節に応じて三種類の味が常に用意してあった。他にも砂糖菓子や果肉菓子、焼き菓子が色鮮やかに並ぶ。

蝶の模様を表面につけた月餅、龍の髭《ひげ》と呼ばれる蜂蜜色に光る糖菓子、輝く砂糖の衣をまぶした落花生や、林檎・葡萄・蜜柑などを飴煮にしたものが入った様々な花を象《かたど》った焼き菓子。

鄧桃天心楼の菓子は見た目にも楽しめる工夫を惜しまない。

それぞれの数は多くない。小売りの客はめったに訪れないからだ。一つずつが、目玉が飛び出るほど高価であったし、鄧桃天心楼の菓子は、基本的にはめでたい行事の折に詰め合わせを届けたり、予め知らされていてお客さんが受け取りにくる仕組みであったから。

客人がいないのをいいことに、その陳列台の上部にある横に長い卓の上へと手が置かれる。

すると、鄧家の一人娘である鄧明鈴《とうめいりん》の姿が漆《うるし》で磨かれた板面へ現れた。

前髪は眉にかかる長さで切りそろえられ、腰まである艶やかな漆黒《しっこく》の髪が下半分だけ真っ直ぐに下ろされて広がっていく。

丸みを帯びた曇りのない黒色の双眸《そうぼう》には、吊灯の煌めきが映り込んでいる。

装飾のない美しさとは別に、頭上よりやや下、耳よりも上の左右には丸く結われた髪が二つ、鼈甲《べっこう》に瑪瑙《めのう》の牡丹《ぼたん》が咲く簪《かんざし》で留められている。

左右で二輪となる花には、垂れ飾りの宝石粒がきらきらと輝く。

華奢な身体を包むのは、柔らかな珊瑚色《さんごいろ》の襦裙《じゅくん》だった。肩にかかるのは更紗《さらさ》の軽やかな披帛《ひはく》で、天に透かすと八宝《はっぽう》の模様が躍る。

明鈴は鄧桃天心楼の看板娘であった。

店番とは名ばかりの、平穏な日常。

すらりと伸びた健やかな手足を感じながら、明鈴は小さく息を吐く。

平和で、幸せ。

「――今日も極楽」

明鈴の十八歳にしては、やや人生を達観したような独り言は安堵の笑みを含んでいる。他の年頃の娘ならば、退屈だと呟《つぶや》くかもしれない。

好奇心旺盛な年頃の考えと不釣り合いな心境には、理由があった。

水犀国に生を受けてから十八年間ずっと、明鈴には前世の記憶がある。

転生と呼ばれる状況なのだと思う。きっと繰り返し肉体に魂が宿る行程で、少し間違ったようで、記憶が白紙に戻らずに人生が動き出してしまった。

明鈴の前世は、製薬会社の営業である。

主な仕事は病院へ自社の薬を売り込むこと。

目の前に立ちはだかる――白だったものがややくすんで象牙色になった病院の壁を、忘れたことはない。気を抜くと記憶がありありと浮かぶ……。

「こんにちは、院長先生いらっしゃいますか？」

五回の訪問と接待で、やっと約束を取り付けて診察受付の横にある扉から、看護師さんへ声をかけた時の、ひやりとする冷たい一瞥《いちべつ》は忘れることができない。

「今いません」

「……え、ええと……診察をしているってことは、いらっしゃるのでは？」

ひるまず、張り付いた笑顔を向けること、数えきれず……。

「本日は忙しいんです。見てわかりませんか？」

診察時間の一時間過ぎなのに、まだ患者さんが大勢いる待合室のことは気づいていた。けれど、今の時間を指定されたのだ。たぶん、連休明けのピークが過ぎた一週間後ということで、患者さんが少ないと見込んでのことだろう。先生は悪くない……。

待合室を見ないふりをしたのは、気遣っていたら一生前に進めず、契約が取れないから。

「わ、かります……待たせていただいてもよろしいでしょうか？」

「いつになるかわかりませんけど。あっ、そこは患者さんの邪魔になりますから」

心得ておりますと頭を下げて、病院の裏手へ回るお決まりのコース。恋い焦がれるように扉を見つめながら診察が終わるのを見張る。診察を終えたら鍵が閉まってしまうので食事を摂ってからまた来るなんて優雅なことは決してできない。

病院には診察時間はあるけれど、営業と話をする時間はない。ましてや、薬は事足りているのだ。普段から足りなければ大問題だ。

忙しい診察の合間や、貴重な医者の休憩時間、そこへ、ぐいぐいと割り込んで、売り込みをするのだから邪険にされることも多い。待ちぼうけは当たり前、約束の反故《ほご》で傷ついていたら身が持たない。

迷惑じゃないかな？　と、すぐに考え込んでしまう気質は、前世にはそもそも合っていなかったのだろう。酒が弱いのに時間外の接待に力を注ぎ込みすぎた。

永眠――――たぶん、三十二歳。

今の肉体よりもずっと年上。激務の中、一人暮らしで過剰な接待後に泥酔したまま帰宅し、入浴時からの記憶が途切れている。

たぶんのそこで前世は終わった。願わくは、早めに見つかって大家さんに迷惑をかけてないといいなと思う……。

前世を悔いても仕方がない。激務の帳尻を合わせるためか、転生先は豪商の一人娘だった。お金持ちで、蝶よ花よと両親に溺愛される何不自由のない暮らし。

特に今の父である鄧万寧《とうまんねい》は、明鈴を本気で目の中に入れても痛くないのだと思えるほどの甘やかしっぷりであった。

きっと前世の記憶もなく育てられてきたら、明鈴は相当我儘な娘に育っていただろう……。

けれど、明鈴には三十二年の記憶があり、社会人経験もある。

好意はありがたく頂戴して、行き過ぎた時は不機嫌に黙り込んでかわす――――という方法を確立したのは幼少の頃。そのつれない態度がますます万寧の溺愛に拍車をかけたのだけれど、仕方がない。

そんな暮らしの中で、父・鄧万寧が鄧桃天心楼という店を構え、鄧桃饅頭が生まれたのは、偶然だった。

鄧家は荷の運搬を大口でこなす商家で、店を構えなくとも、明鈴が生まれる時には、すでに水犀国に名を馳せる豪商であった。

万寧は明鈴の誕生に飛び上がって喜び、蔵中の小豆《あずき》を煮て祝いに饅頭を配った。いや、屋根から撒いた……らしい。

料理の経験などない父の作った饅頭は、不評だったけれど祝い事として温かく受け入れられた。しかし、それは毎年、明鈴の誕生日に欠かさず行われ、もったいないと苦情がくる直前――明鈴が三歳になった頃。

やっと周囲から発せられる言葉を耳からだいたい覚えて、粥《かゆ》よりも硬いものも食べられるようになり、自らの滑舌も定かになった明鈴は……小さく切った万寧の饅頭を初めて食べてこう言った。

黙ってはいられない味だったから。

〝おとうさま、甘すぎます。あんこは半分にして〟

今までは〝あー〟〝うー〟と何を言っているかわからなかった娘から、初めて〝おとうさま〟という言葉を聞いた万寧は、ダメ出しにも喜び、いきなり話し出したことを微塵も不審に思わずむせび泣いた。

ならば……と、元宮廷菓子職人を高給で雇い、明鈴と万寧と職人で饅頭作りを始めたのだ。

そうして日々味を追求し、生まれた鄧桃饅頭が、水犀国の皇帝が代替わりした際に、なぜか目に留まってしまったらしく、御用達になって数年――。

それを売る鄧桃天心楼は、堂々と都の一等地に聳《そび》えている。

幼い頃の明鈴は、心は三十二歳であったため、発言には苦労した。物心ついていないのに、饒舌に話してはならないと、だんまりを決め込むこともあった。

けれど、すでに身体は十八歳。やっと普通に発言しても怪しまれることがない年齢に育ち、気苦労は日々減っている。

心と身体がこの世界とふさわしい年齢に一体化していく。

歳に合わせて減らしていた口数を苦労と呼ぶのなら、前世の自分に怒られてしまうかもしれないけれど……。

「こんにちは、明鈴ちゃん。いつものはできているかしら？」

恰幅の良い身体によく似合った黄色の衣——近所に住む、木材屋の奥様が店へ入ってくる。そろそろ、お得意様がお菓子を取りに来る時間だ。

「はい、璃怜《りれい》様。鄧桃饅頭と焼き菓子の詰め合わせはこちらに……お茶会でしたね、いいお天気でよかったです。美味しく召し上がれますように」

涼しい場所に置いた幾つかの入れ物の中から、赤い漆の箱を手に取った。

料金はほとんどが先払い、たまに後払いもあるけれど取りにいくのは鄧桃天心楼の使用人で、店先でのお金のやりとりは発生しない。

明鈴は赤い漆の箱を大事に持ったまま、陳列台の向こうに回り、璃怜へそっと渡した。

「ありがとう明鈴ちゃん。あなたの顔を見るだけでわたくしは元気になれますよ。そうなの、お茶会！　楽しんでくるわね。鄧桃天心楼のお菓子を持っていくと、皆様に喜ばれるのよ」

明鈴は、はにかんで心から笑みを浮かべ、深く礼をする。

鄧桃天心楼の客層はお金持ちの感じの好い人ばかりで、対人関係で苦労したことはない。理不尽だと思ったことは一度もないし、苦情なんて聞いたことがない。

もちろん、味や接客、店の格式の面では、万寧や職人、明鈴の努力の賜物ではあったが、客筋が良いという言葉の見本みたいな店だった。

それは、店側だけでなく、お客さんの当たり前に相手を思いやる気性なしでは成立しないと、ここへ立っていると思う。そして気性は、生活の余裕からも生まれることを肌で感じる。

つまり――――お金持ち、喧嘩しない。

嫌なことを言う者はいない。顔を曇らせることなく、明鈴は暮らしていた。

「いってらっしゃいませ！」

璃怜を笑顔で見送ると、今度は装身具店に勤める男の使用人が入ってくる。使用人といえども、高級店なので立ち振る舞いは完璧だ。

「いらっしゃいませ、順徳《じゅんとく》さん。奥様へのお品物、できております」

「やあ、明鈴さん！　今日も綺麗な看板娘だね」

明鈴は、菓子の注文主である装身具店の奥様の桃色の箱を手に取り、褒められた礼と、褒め返しと、看板娘の笑顔と共に彼へ渡した。

顧客の名前を覚えるのは、明鈴にはお手の物であったたし、ずっと生活の中で顔を合わせてきた相手なので無理をしなくても自然に頭に入っている。

覚えきれないほどの膨大な量を、言い間違えてはならない暗記の勉強みたいに、手のひらにこっそり書いたり、メモを忍ばせた前世が嘘みたいだ。

「奥様によろしくお伝えください、美味しく召し上がれますように」

ぺこりと礼をして、本音で願いを込めて見送る。

――美味しく召し上がれますように。

相手をこんなにゆっくりと心から思いやったことは、前世であっただろうか……。

うわべだけの労いの言葉、お悔やみの言葉、謝罪、お世辞、社交辞令、全部が刷り込まれて、忙しすぎる生活の中で、反射的に口から飛び出していた気がする。

一歩ならず、十歩……いや、千歩足を止めた、余裕のある心地だ。

前の自分が今の姿を見たら、ちやほやされるだけの〝ぬるい生活〟だと、言い切ってしまうだろう。

綺麗だと褒められるのも、転生先である身体の姿形だけではなく、おいしいものをたっぷり食べて、ぐっすり眠っているおかげなのだから――。

鄧桃天心楼での明鈴の一日を、前世の時間で表すと……明鈴は順徳を見送った時に顔を合わせた近所の住人と丁寧な挨拶をかわしながら、脳裏に浮かべた。

八時、起床。侍女の静かな声かけで起きなければ、優しく揺すって起こしてもらえる。

九時、朝餉《あさげ》。ちなみに今朝は一人で副菜たっぷりの卵粥を食べた。家族で食べることもある。

十一時、十時半頃から使用人と一緒に店の掃除をして、店を開ける。

十二時、お客さんが注文を取りに来る時間、その一。今ここ。

十三時、昼餉。十五時までは店は閑古鳥。密かに今の幸せをかみしめる時間。

十五時、お客さんが注文を取りに来る時間、その二。

十六時、閉店。店の後片付けは使用人も手伝ってくれる。

十八時、夕餉。その後に書を読んだり、入浴。

二十時、就寝。布団はふかふか。

――我ながら、いいご身分だ。

それ以外に、明鈴が菓子作りを手伝う日は特別に早起きをするけれど、その日は気持ちがはやって勝手にぱちりと目覚めてしまう。

一方で……前世での時間は、今となっては悪夢だ。

五時、起床。目覚ましは五個、気づいたら朝になっていて眠っていないと錯覚することも。

七時、出社。満員電車に長時間揺られたあと、八時半までは手当はつかず。書類山積み。

九時、朝礼。恐怖の契約数発表と、上司の叱咤激励……というか、叱咤だけ。

「………」

――切なくなってきた……もう必要ないのだから忘れよう。

明鈴は鄧桃天心楼の扉を開けて、中へと戻った。引っかかりがなく、するすると開いて、静かに閉まる扉――――前世で誰かが出入りするたびにバンバンと響いた、重たい会社の扉とは雲泥の差だ。

ちなみに就寝は二十六時ぐらいだった。何を食べていたのかは、もはや覚えていない。

鄧桃天心楼の店内は、平穏そのもので、明鈴は微笑んでから陳列台へ向かう。

――ああ、幸せな環境に転生してよかった……！

何度、幸福をかみしめても足りない、一生ずっとありがたがっているのではないかと思う。

明鈴は今の暮らしをとても満足して、満喫して、愛していた。

この平和が、平穏が、不変であることを全力で願い、日々幸福をかみしめて生きている。

豪商の一人娘として、緩やかにのんびりと生きていく――！

今日も決心したところで、明鈴は詰め合わせが置いてあった涼しい場所に、さっきはなかった饅頭が入った蒸籠《せいろ》が置いてあることに気づいた。

湯気は出ていない。冷ましたあとで厨房から回ってきたものだ。

「……そろそろ、完全に冷めた頃合いね」

明鈴は大事な作業に取りかかるために、やや緊張して姿勢を正す。

今日は、月に一度ある献上の日だった。

恐れ多くも鄧桃饅頭を水犀殿と呼ばれる皇帝の居城に配達する。

とはいっても、父である万寧が料理房へ納めにいくだけであったが、胸を張って最高級の饅頭を用意した。

蒸して冷ますまでの工程は職人に任せていたが、詰めるのは明鈴の仕事だ。

時を合わせて蒸籠で蒸しあげ、蒸したての柔らかい饅頭を優しく移す。

明鈴は皿を台の上へと置いた。

そして、ほどよく冷めて汗もかかなくなった鄧桃饅頭を、長い箸を使い、漆塗りの美しい提《さ》げ重箱《じゅうばこ》へ移していく。

持ち手のついた献上用の箱は、艶やかな黒色に長寿を願う深紅の鶴が彫られている。羽は金と銀の文様となり箱を彩る。その図案は上品な持ち手のついた蓋にも続いていた。

蓋を開けて上向きに隣へ置き、箱の中央にまずは白色の鄧桃饅頭を並べる。

大きさは、一口で食べられるほどで、綺麗な半球型の生地は限界まで薄くしてあるので、中身がうっすらと透けて見えるのが特徴だ。

これが一番人気の小豆餡《あん》の鄧桃饅頭。

その右に少し赤いなつめ餡を入れたものを、左には栗餡を使った黄色いものを置く。

見慣れた長四角の焼き印は、縁起が良いとされる金魚の尾に明鈴の名から取った鈴が巻き付いた、父の初代饅頭からのものだ。

均一に饅頭が並び、ふっくらと競うような美しい出来栄えに、明鈴は小さく頷《うなず》き、蓋と提げ重箱の文様を合わせて閉めた。

その上から、飾り紐をかけて結んでいく。

皇帝の紫色と、喜びの菜の花色、美食の萌黄《もえぎ》色をしっかりと結んでいく。皇帝の口に入る前に厨房で皿へ移され、毒見役にバラバラにされるだろうけれど、献上品なのだ。

不手際があったら万寧の身も危ないので、明鈴は真剣そのもので包んでいく。

やがて、頃合いを計ったかのように輿《こし》が軒先へと着いた。

「鄧家の万寧様、お迎えに上がりました」

「はーい、ご苦労様。父がまだなの、上がって待っていてください」

明鈴は献上箱を大事に持ったまま、店の奥へと戻る。使用人を呼び、店先の鄧桃饅頭と茶を輿持ちの男二人に振る舞うよう指示する。

その言葉に男達の歓声が上がったので、しばらくは気分良く待っていてもらえそうだ。

「お父様ー、どこですか？　輿がつきました。準備はよろしいですか」

店から住居までの廊下は長い。幾つもの吊灯で明るく照らされ派手な朱色に染まった店内と違い、客から見えないところは質素だ。

木の色をそのままにした柱。必要のないところには明かりも極力ないし、吊灯があっても火が点いていないところさえある。万寧はただの娘を溺愛する父親ではなく、商家の主としての資質をきちんと具《そな》えていた。

透かし彫りの窓から甘い匂いが漂う厨房の脇を通り、薄暗い廊下を進む。一度、中庭に出ると右に曲がり、一番奥にある父の房間の前で止まる。

「お父様、お父様いらっしゃいますか？」

声をかけてみたけれど、中からは「あー」や「うー」といった微《かす》かな呻《うめ》き声だけが聞こえてくる。

不審に思い、房間に足を踏み入れた明鈴は、信じられないものを目にした。

寝台の上、夜着のままで丸くなっている万寧の姿。急いでくださいと言う前に、起きてくださいと言わねばならない。

「お父様……っ、お加減が悪いのですか？」

「おお、明鈴……実は腰が痛くてな。ごほっごほっ」

一瞬心配したけれど、房間内にいる使用人に慌てた様子はないので、どうやら深刻な病ではなさそうだ。腰をさすりながら、なぜか咳をする父の姿が仮病を思わせる。

生来の正直者である万寧は、嘘が苦手だ。特に愛娘には。

「大丈夫ですか、お父様。咳をしたら腰に響きます。ただいま薬湯を――」

明鈴が房間を出ようとするのを、万寧の声が押し止《とど》める。

「よい、よいっ！　もう、飲んでおる。それより、急ぎわしの代理を立てねばならぬ。鄧桃饅頭を持ち水犀殿へ行く者を」

「お母様はどちらに？」

母も商家の出で、父の代理で商いに赴くことがある。今では父の右腕となり鄧家を盛り立てていてる。

「船の上じゃ。砂糖の品質を現地で確かめると言って早朝から旅に出たわ」

「ええっ！　では……ええと……気合いで起き上がってください、お父様。頑張って！」

乗せれば起きてきそうな顔色だったけれど、ふんっと背筋を伸ばしたところで万寧ははっと気づいたように腰に手をやり咳き込んだ。

「ごほっ、むむっ……わしは今日のところは起き上がれん。明鈴――お前が代わりに鄧桃饅頭を持って、水犀殿へ行くのじゃ。この腰牌《ふだ》を持っていけば代理だとわかる。大急ぎで支度を！　準備はよいなっ」

明鈴に城へ入るための腰牌を渡し、パンパンと万寧が手を叩くと、隣室への扉が開いた。

そこには、十人は詰めていた侍女と色鮮やかな衣に装飾具、いつの間に運び込んだのか鏡台までがある。突然の病にしては、随分と用意周到だった。

「私が行くのですか？　そ、それはいいのですが……もっと早くに言っていただければ、輿を待たせることもなかったのに」

「事前に言っておくなど無理だ！　大急ぎでなければ、決心が鈍ってしまう！」

――――決心って、何の？

万寧の言葉に、明鈴は首を傾げた。

大事な娘をできる限り外へは出したくないから、ぎりぎりまで、腰が落ち着き出かけられる状態になるのを待っていた？

咳が出る腰痛なんて聞いたことがないけれど、とにかく万寧の今の言葉が愛娘への溺愛心から出たことだけはわかった。

そもそも、悩んでいる暇はない。月に一度の献上日がどれほど大切か……豪商とはいえ、水犀国に住む者で、皇帝への献上物をないがしろにしては生きていけないのだから。

「わかりました。私が行きます。陽桜《ようおう》、支度を――――」

一番親しい侍女の名を呼ぶが、返事はなかった。

「陽桜は使いに出ておる。衣はわしが選んでおいた。粗相のないようにな」

――あれ、今度は段取りが悪い……。

侍女達に促されるように隣室へ入り扉を閉めると、大急ぎで明鈴の身支度が始まった。

それは、呼吸をするのも忘れるほどの支度で――。

見事な連年有余《れんねんゆうよ》の蓮と魚が優雅に寄り添う絵柄の上襦《じょうじゅ》。

極上の肌触りの幾重にもなった裙《くん》。金色の帯には宝石を含んだ刺繍が煌めいている。

かっちりとした緋色の披帛には、金糸と銀糸による月季《げっき》の花が艶やかに咲き乱れていた。

父が選んだ支度は、嫁入り道具並みに高価なものだった。確かに水犀殿に上がるのだから、失礼のない姿で行かなければならない。けれど、派手すぎではないだろうか。

明鈴は扉越しに万寧へ声をかけた。

「あの……お父様。緋色に月季の刺繍は豪華すぎではないでしょうか？」

「お前がいつ嫁入りする気になってもいいよう、仕立てておる。たまには着てやってくれ」

――仰るとおりです。

明鈴は項垂れた。もったいないとは思いつつも、万寧の好意を無にできない。

止めても止めても、父は毎年、衣を作ってくれたから。

水犀国での結婚適齢期は十六歳から十八歳。親が決める結婚相手と添い遂げる。明鈴もその話を避けては通れなくなっていた。

しかし、結婚してしまえば環境はがらりと変わり、今の平穏が壊れてしまう……。

お願い、このまま時を止めて、という、明鈴の念が通じているのか、彼女の身体はまだ華奢で十六歳になったばかりにも見える。

だから、明鈴は父の溺愛をいいことに、ことあるごとに『ずっと、お父様と一緒にいたい』『鄧桃饅頭は私が受け継ぐ』とやり過ごしてきていた。

前世では未婚のまま生涯を終えた。恋人もいなかった。その未知の領域に踏み込むことが怖い。世の中には知らないから平和なこともある。

明鈴がこんな調子だったので、鄧家には袖を通していない嫁入り支度の衣が沢山あった。ほとんど店から出ないので着ていく場所がないのだ。

侍女達が衣擦れの音を立てながら明鈴の身体を衣で包んでいく。

髪も梳《と》かされ、新しく結い上げられた。

漆黒の髪には大粒の翠玉《すいぎょく》を用いた小ぶりの冠《かんむり》が留められ、垂れ飾りは連を成す宝石紐と金の花。それらが、ちりちりと揺れるのがわかる。

最後に肩へとかけられた真新しい披帛の香りで明鈴ははっとした。

目に飛び込んでくる刺繍に込められた繊細で優しい愛情。仕立屋はもちろんのこと、商家として倹約するところはきっちり抑える父が、どれほどの溢れる愛情で毎年用意したのかを。

出番のなかった衣と父の期待を目の当たりにして、明鈴は罪悪感を覚える。

「あの……お父様。私、わがままでごめんなさい」

父は明鈴の嘘などとっくに見抜いて、見て見ぬふりをしていてくれるのかもしれない。

「なんの、お前は小さい頃から利発で、我儘一つ言っておらんぞ」

明鈴の心を知ってか知らずか、万寧がおどけのまじった穏やかな声で返してきた。

感情が少し高ぶってしまう。もっと歳を重ねて、いつか嫁に行く時も、こんな風に話せるといいなと思いながら。

「…………お父様。そういえば、腰の具合はもうよろしいのですか？」

「おお、そうであった。忘れておった……ごほっ、ごほっ……」

慌てて、明鈴は扉を開けて駆け寄ろうとするが、それを万寧の声が制した。

「ならぬっ！　お前は急ぎ、水犀殿へ……」

「わ、わかりました。献上の品は、速やかに私が届けて参ります。ですから、お父様は安静にしていてください」

万寧の病の急変が、皇帝への献上による心労だと思った明鈴は大急ぎで支度を終え、提げ重箱をしっかりと持ち、輿に乗って水犀殿へと向かった。

## 【第一章】届け物のはずが強制後宮入りですか!? タナボタよりも大迷惑!

巨大な正門の前で、明鈴は輿を降りた。

城の中には皇族を除いて、誰もが徒歩で入らなければいけない。

門というより、屋根を備えた小さな砦のような赤い岩壁の中央と左右に、小さく開けられた三つの入り口がある。

中央は皇族が、左は城内に詰める官吏達が、そして右がその他の者達が通る扉。

明鈴は当然右側の扉に向かって歩き出した。

そこは他の二つと違い、長い列ができていた。門衛が腰牌と荷物とを厳重に確認しているからである。

明鈴も列に並び、大人しく自分の順番を待った。

「鄧明鈴と申します。父鄧万寧の名代《みょうだい》として、陛下に献上品をお届けに参りました」

腰牌と共に門衛へ告げる。

「申告は正確になされよ。この腰牌はおぬしの物だ」

「えっ？　私の物？　そんなはずは……」

すぐに通ってよいと言われるものだと思っていた明鈴は、思わず声を上げた。

「まあ、良い。さっさといけ、忙しいのだ」

疑問に首を傾げる明鈴に説明もせず、門衛は城の中へ進むように命じた。気になるけれど、先ほどの言葉の意味を聞いて、ここで揉めごとを起こすわけにはいかない。

開けられた扉を抜けて、分厚い正門をくぐる。

しかし、その視線の先には先ほどと同じような威圧感たっぷりの門がある。

「鄧明鈴様ですね。こちらへ」

官吏なのか女性が一人、城内の様子に圧倒されている明鈴へ声をかけてきた。

「あ、はい！　これが――」

この人に鄧桃饅頭を渡せば自分の役目は終わりだと思ったのだけれど……。

「わたくしのあとについてきてください」

菓子の入った提げ重箱には見向きもせずに、彼女はさっさと背を向けて門のほうへ歩き出してしまった。

仕方なく、明鈴もその後ろをついていく。

途中、橋を渡って小さな川を越え、二つ目の門を抜けると、今度は大きな石畳の広場と、その奥に立派な建物が見えてきた。

やっと着いたかと思ったけれど、前を歩く女性は中へと入っていかない。

またその横にある門を進む。

二つ目の屏《へい》のような門を抜け、さらにもう一つの屏の前で、やっと彼女は止まってくれた。

「ここから先、わたくしは入れません。中に控えている宦官《かんがん》に腰牌を見せて、その者の指示に従うように」

それだけを形式的に告げると、唖然とする明鈴を置いて女性は去っていってしまった。

――案内役が入れない場所って……それに今宦官って……。

宦官というのは、城の最奥にある皇帝や皇族の住まいや後宮に入れる去勢された男の人達を指す。つまりは、この門の中は城のかなり奥だということになる。

「……聞いてない」

こんなにも中まで入るなんて――ぼそりと呟いてしまう。

猛烈に嫌な予感がしたけれど、父から任された役目を放棄するわけには当然いかないし、そもそも帰る道というか、回れ右をするための手順がわからない。

皇帝の住まう城の中など、商家の娘である明鈴が知るはずもなかった。

諦めて門の前に立つと、今までとは違う重々しい扉が開く。外とは少し違う空気が身体を通り抜ける気がした。

「明鈴殿ですな？　ささ、こちらへ」

門の中には、全体的に柔らかな印象の男性が立っていた。今まで見たことがなかったけれど、黒い衣からしてこの人が宦官のようだ。

彼についていくと、さらに城の中を長いこと歩かされる。やっと、紫色の屋根の大きな建物に入ったかと思えば、迷路のような廊下を通り、時々庭へ出て、また廊下を歩く。

建物の装飾の豪華さは、この区画に入る前に感じた悪い予感が正しかったことを、明鈴に痛感させた。

柱から天井に至るまでびっしりと貼られた金箔には、細かい模様が描かれ、鳳凰、雲紋だけでなく、龍の模様まである。

天を舞う龍の模様は、特定の位の者にしか使うことを許されていない。

ここまで来て、誰に会うことになるのかわからないほど、明鈴は無知ではなかった。

緊張感が明鈴の身体にぶわっと広がり、礼儀作法を絶対に間違わないように頭の中で懸命に反芻《はんすう》する。

「明鈴殿、こちらでしばらくお待ちあれ」

通された房間は天井が高く、四つの朱柱と金箔で装飾された大きな衝立に囲まれた一段高い場所には、紛れもなく玉座が置かれていた。

鼠色の石床には塵一つなく、光を反射している。房間に玉座以外のものはなく、がらんとしている。天井には見上げるのが恐いほどに細かな彫刻が施されていた。

明鈴が入ってきたのは玉座に面した入り口で、奥にもおそらく別の入り口があり、そこから皇帝が来るのだろう。房間の狭さからすると式典用の謁見室ではない。個別に謁見をする場所なのか……。

――緊張しすぎて息が苦しい。でも、父には良い土産話ができるかも。

皇帝なんて雲の上の人。

幾ら毎月、鄧桃饅頭を献上している大商家とはいえ、父の万寧であっても皇帝の顔を見たことなどないだろう。謁見したことがあるならば、自慢しないわけがない。

きっと今日は雲の上の人が気まぐれか空腹で、直接渡すことになったのかもしれない。

運がいいのか、悪いのか。

「……っ！」

しばらく待たされるのだとばかり思っていたから、誰かが房間に入ってくる気配を感じて、明鈴は慌てて姿勢を正し、ばっと深く頭《こうべ》を垂れた。

「皇帝陛下である」

皇帝お付きの宦官だろう声が聞こえてきた。

彼らの足音が明鈴の前で落ち着く頃合いを見計らい、低頭したまま顔を上げずにそのまま挨拶の言葉を述べていく。

「私は鄧明鈴と申します、陛下。父――鄧万寧が病にて、その名代として、鄧桃天心楼の鄧桃饅頭を献上しに参った次第です」

横に置いていた提げ重箱を掲げるようにして前へと差し出す。明鈴の頭より高い位置で水平を保ったまま。

今まで父は商家の娘として明鈴をしっかりと教育してくれていたので、水犀国の礼儀作法はきちんと身につけていた。

額を磨かれた床に付かんばかりに倒したまま、皇帝の言葉を待つ。

あとは『下がってよい』と言われて、小卓の上へ提げ重箱を置いて下がればいい。

……はず、だった。

けれど――――。

ふっと手から重さが消え、誰かが明鈴のすぐ前へ立った気配がした。

提げ重箱が持ち上げられている。すぐに、しゅるしゅると飾り紐を解く音が耳へ届く。

――この場で中身を検《あらた》められるのかな？　お饅頭ずれたりしていないよね。

動かさぬように持ってきたけれど、目の前で開かれると鼓動がうるさくなる。

「今日も見事に美味そうな鄧桃饅頭だ、大儀《たいぎ》であった、顔を上げよ」

――大儀って……もしかして、陛下が自ら受け取って……。

指先が突然震え出す。雲の上のお方が、目の前に！

「………………」

顔を上げよとの言葉に、明鈴はゆっくりと顔を上げていく。

こちらの緊張とはまったく逆に、蓋の開いた提げ重箱から男の人の長い指に取られてひょいと饅頭が持ち上がる。

――あっ、小豆餡のものだ。

つい目で追うと、明鈴が顔を上げる速度もつられて速くなった。

形の良い唇、開けた大きな口へと鄧桃饅頭が吸い込まれていく。

明鈴が食べたわけではないのに、口の中に甘くてちょっと苦い鄧桃天心楼の特製餡の味が広がっていく気がする。

「陛下っ、毒見を！」

焦った声が目の前の食べっぷりのいい口の主へとかけられて、明鈴は完全に顔を上げた。

——ええっ！　目の前で陛下がいきなり食べちゃったの⁉

「鄧桃饅頭に毒など入っているわけがない。だろう？　明鈴」

「あっ……！」

自信に満ちた笑み、鳶色《とびいろ》のさらりとした前髪から覗く、燃えるような緋色の双眸。紫色の長衣《ちょうい》に、宝石飾りのついた帯が眩《まぶ》しい。重ねられた群青色をした外衣《うわぎ》は金で豪奢に縁取られ、多くの色糸を使った蔓草《つるくさ》の模様が躍っている。

長衣に少しだけかかる、襟足からの尾のような後ろ髪に親しみを覚えて……。

まるで知り合いのように随分と気さくに話しかけられて、明鈴は彼が発した言葉が、自分が過去に発した言葉だと気づいた。

「あ、あの時の坊ちゃん⁉」

「誰が坊ちゃんだ……お前より俺のほうがずっと背は伸びたぞ」

明鈴の不敬な発言は咎められず、おかしそうに陛下が口を開いた。

気が動転して、つい『坊ちゃん』と言ってしまったが、今の身長と体格差では、小娘が大人の屈強な男の人と対峙して変なことを口走っているようにしか見えない。

まさか、水犀国の皇帝があの時の――。

陛下の精悍な顔つきに、生意気で頑固な少年の面影が重なる。

明鈴はこの国で生を受けた、五歳の幼少期を思い出した。

※　※　※

まだ、小さな身体と、大人から生まれ変わった感情の折り合いがつかなかった時期。

水犀国屈指の商家の一人娘であった明鈴は、よく誘拐された。

誘拐といっても、身代金さえ払ってしまえばほとんどが無事に戻ってくるし、お金持ちにはどれだけ警護を厳重にしたところで逃《のが》れられないもので、その時すでに三度目であった明鈴は泣き叫ぶことも混乱することもなく心の余裕があった。

普段は不自由ないのだから、数日の不自由は仕方ないとまで割り切って、隠れ家であろうあばら家で、じっと膝を抱えていた。

組織的な誘拐団のようで、誘拐されたのは五歳の明鈴だけではなく、少し遅れて煌びやかな衣装に身を包んだ男の子が連れてこられて――。

「早く帰せ！」

彼が緋色の目で誘拐団の人達を睨《にら》みつけながら生意気にたてつくたびに、明鈴はハラハラした。

道徳に背くことをしている野蛮な相手は刺激しないに限る。

逃げられる状況ではないから、あとは大人が取引を完了するまでは静かに商品として待っていればいいのに。

もっと多くの子供に狙いを定めているのか、明鈴と男の子は暗い房間で三日を過ごした。

…………。

……。

彼はたっぷりと用意された水も食料も、頑固に口にしなかった――。

「…………」

――冗談、じゃないわ……。

明鈴はひやひやしながら、男の子を見守っていたが、放っておけなくなった。自分の安全にもかかわることだ。

幸いにも、どこも縄で縛られていなかった。

明鈴は子供が慰め合うふりをして彼に近づく。

否、ふりなどしなくても五歳の明鈴が男の子に近づく光景は、外側から見たら、怯《おび》えた子供が寄り添う図だろう。中身はばっちり大人の心が転生しているのだけれど。

――このまま、飲まず食わずだったら、倒れてしまって誘拐団が混乱する。それは勝手だけど、焦った奴らが血迷った行動をすると非常に困る！

「あ、あのね……あなた」

明鈴はトコトコと男の子の前へ進み出る。

「話しかけるなっ！」

「なっ……！」

いきなり反発されて、明鈴は目を白黒させた。同時にひやりとする。人質のくせに大きな声を出しすぎだ。

そりゃあ、明鈴だって恐怖だけれど、あたる対象が間違っていやしないかと思った。

これだから、やんちゃな男の子は扱いにくいのだ。

「わ、私は、ゆうかいだんの人じゃないわよ。どならないでっ……」

――叫んだら、刺激するってば……！

大きな声により、戸口を見張っている誘拐団の一人が二人を見たが、そのまま無視され、気にも留められなかったので明鈴は胸を撫で下ろす。

「……お、大きな声はだめよ……何にも食べないけれどぐあいがわるいの？　私も怖いけれど、いい子にしていたら、おとうさまが迎えにきてくれるわ」

体調を気遣うことから、はじめてみた。続けて心配事に同調する。相手の懐に入る会話の基本だ。

「お前は、知らないやつが寄こしたものを平気で食えるのかっ、馬鹿なやつだ」

「なっ……ばっ、ばか⁉」

明鈴は計算しつくした会話を一蹴された。

――――な、生意気〜！

――――私だって、家に帰って温かいものを食べたいのに……。

少しだけ声を落としてくれたみたいだったけれど、男の子はものすごく偉そうだった。

「食べたくなくても……生きるためには食べなきゃいけない時もあるでしょう？」

諭すようなことを言ってみたけれど、五歳の口調では、イマイチしまらない。

「食べたら死ぬだけだ。あわれみは受けん」

「……っ〜！」

何という、非協力的な態度。

この男の子のせいで、高い確率で解放されるはずのものが、解放されない可能性が出てくる。

となれば、危険は付きまとうし、最悪の場合、平穏な暮らしには戻れず命が尽きてしまう。

「あわれみとかじゃなくて……元気に帰るための――――」

「お前の指図は受けん！」

男の子の声に明鈴はビクビクした。彼に恐れたのではなくて、見張りの機嫌を損ねるのを恐れた。

「っ……ま、また、大きな声っ、しーっ、しーっ」

「うるさいっ！」

こ、この子は……どれだけ、空気が読めない坊ちゃん育ち？

――転生してから初めてむかむかする……。

――ああ、腹が立ってきた。坊ちゃんの戯言《たわごと》ぐらい聞き流せたのに、気が短くなったのかも。


「むっ――」

見かねて明鈴は、自分と一緒に、欲張りな誘拐犯に盗まれてきた、手土産用の木箱入り鄧桃饅頭を取りだして男の子へ差し出した。


大きく息を吸って口を結んでから、一気に開く。

舌っ足らずに生意気とも利発とも取れる発言を繰り返していた幼少期の口調で。

端的に言うと、キレた。

大声だけは出さずに。


「あなた何も食べてないから、倒れるわよ。これ、食べなさいよ。三日経ってちょっと味は落ちたけれど、えいようたっぷりなんだから。人質が元気じゃないとぶじに帰れないでしょう？　足をひっぱらないで」

「…………はっ？」


男の子が驚いた顔をするのにもかまわず、饅頭を押しつける。

死活問題、平穏問題。

あと何日、ぬるい監禁をされるかわからないのだ。

足手まといだったり、うるさかったりする人質は面倒なので殺されてしまうこともある。下手をしたら、大人しく健康体でいる明鈴までとばっちりを受けてしまう。

早く日常に戻るための、安全な選択だった。

今なら、中身三十二歳の価値観の押しつけだと、五歳なのにむつかしいことをしゃべりすぎだと、穴があったら入りたい心地だ。

「いらん！」

ばしっと男の子が払いのけてくることは予想していたので、明鈴は手を引いて鄧桃饅頭をかばう。

——させるものですかっ。

「もしかして、好き嫌いが多いわがままな子なの？　これはおまんじゅうだから、くさかったり、えぐかったりしないのよ。おかしなら食べられるでしょう！」

有無を言わさぬ口調でずいっと饅頭を押しつける。真一文字に結ばれた頑固な男の子の唇に、明鈴はぐいぐいと鄧桃饅頭をつっこもうとしたけれど、うまくいかない。

「やめ……ろ、そんなものっ、毒……」

「はっ!?　毒ですって！」

——うちの饅頭が毒入りだというの!?

毒というとんでもない響きを聞いて、明鈴は腹が立った。

男の子が拒絶の言葉を発した口へと鄧桃饅頭を押し込み、彼の口を小さな両手による渾身の力で塞ぐ。

「むぐっ！」

暴れられるのもお構いなしに、飲み込むまで解放しない構えだ。

「しつれいなこと言わないでっ！　おとうさまと、おりょうりのしょくにんさんと、いっしょうけんめいそうだんして作った、とうおうまんじゅうに毒など入っているわけがない」

「んぐぐ……！」

じたばたと男の子はもがき、やがて饅頭を飲み込んだ。

「……っ…………むっ……」

喉に詰まらせてはいけないと、水碗を差し出すと、男の子は一気にあおった。

――これで水も飲んでくれた！

「げほっげほっ……ふーっ…………なんだよ、らんぼう女」

何と悪態をつかれようが、彼の顔色が良くなったのは確かだ。

「毒なんか入っていなかったでしょう？　お水もくさってないし」

形勢が逆転した気分で、明鈴は口を尖らせる。

「……そうだな。お前の言うとおりだ」

「あれ……？」

てっきり悪態をつかれるかと思ったのに、あっさりと認められてしまい、今度は明鈴が驚いた顔をする番だった。

だったら、もう一声、聞いてみたい……。

「お、おいしかった？　とうおうてんしんろうの、おまんじゅう」

声に出してから、調子に乗りすぎたかもと、大人の心で後悔するも、問いかけは消えない。

「うまかった――――」

「あっ……」

明鈴はさらに目を見開いた。

〝うまかった〟

こんな素直な賛辞は受けたことがない。

ぽつりともらしてくれたのがさらに本音っぽい。

誘拐された場なのに、そわそわしてしまう。

感激して固まっている明鈴の横で、気が抜けた様子の彼が息を吐いた。

「お前……まんじゅう屋の娘か？　いせいが……いいな」

「おまんじゅうやさんだけど、それだけじゃなくて、色々なしゅるいのおかしも売っている、とうおうてんしんろうの――――あっ！」

訂正しかけたところで、男の子がぺろりと明鈴の頰を舐めた。

――――はっ？　い、今……舐めた？

どうやら、恐怖と興奮のあまり涙が伝っていたらしい。五歳の身体はこんな時、不便だ。

気持ちと反応がたまにバラバラになるから。

「な、泣いてないんだからね？　まだ、こんとろーるできなくて…………うぅ……」

明鈴は言い訳するように口を開いた。気まずいのはおしゃべりで誤魔化すことにした。

舐められたのは一瞬のことだから、男の子を小動物だと考えればいい。でも、そのあと……今もずっと！

彼の顔が近い…………近すぎる。

坊ちゃんの距離感恐るべしだ。

綺麗な緋色の双眸が、じいっと観察するように明鈴を見ている。

――――こ、こんな不意打ち……しかも子供に……。

「泣いたことを隠したいなら俺は誰にも言わん。怖い思いに気づかなくて悪かった」

どうやら、泣いたことを彼なりに気遣ってくれているようだ。

それにしても、近い。無理……！

形の良い小さな唇に、真っ直ぐに明鈴を見つめて心配する眼差し。

――――坊ちゃんにドキドキしてどうするのっ。この子が生意気だったことを忘れたの？

「わ、わかればいいのよ……？　それでも、あなた近くて……いきなり涙を、な、なめるのはよくないと思うわ。仲良くなりすぎよ」

精一杯の大人の威厳を込めて、釘を刺してみる。

「菓子屋の娘なら、砂糖菓子みたいに甘いと思ったんだ。ふつうにしょっぱいな」

「あ、あなた。しつれいね……ん――――ふぁーぁ……」

かっと頭に血が上った途端、明鈴は眠くなった。

これはわかる、安心したせいだ。五歳の身体は睡眠時間もたっぷり必要だし、いきなりカクンと眠くなる。

「んっ――すぅ……」

見ると彼も、うつらうつらと目を閉じていく………。

幼い二人は、身を寄せ合って眠りについた。

二人はさらに二日後に解放された。身代金の受け渡し後に誘拐団は捕まったと聞く。

※　※　※

「一緒に誘拐されていたのが陛下っ……！」

――うわぁ、大変なことをしてしまった！

しかも、今まですっかり忘れていた。思い出した途端に居た堪《たま》れなくなる。

「幼少の折に……た、大変失礼をいたしました」

記憶を探って思い当たることがありすぎた明鈴は、謁見の場で再び深く低頭した。

今思えば、あれは裕福な人のもとへ預けられて育っていた陛下だったとしてもおかしくない。

「何を謝る？　俺には楽しい思い出だったぞ、あれから毎日お前のことを思い出していた。あの時、俺は九歳だった。頼りにならないといけないはずが、頼もしい説教をされた」

歌うように、本当に懐かしむ口調がして、明鈴は恐る恐る顔を上げた。

――お、怒ってない？

明鈴の黒色の眼差しに、緋色の瞳が合わさる。彼がじっと見つめてきたのだ。

彼の瞳の中に、無防備に目をまん丸くしている明鈴の顔が映った。

「俺の名は黎琥燈《れいころう》だ、お前と五日も過ごしたあばら家では、名乗っていなかった」

――琥燈、様。

名乗られても、おいそれと皇帝の名など口にしていいものではない。黙っていると、彼が続ける。

「十三年、お前の成長を待った。久しぶりだな、今日を心待ちにしていた」

「……再会、嬉しく思います」

すっかり忘れていたけれど、知り合っていたのは嬉しいことであった。誘拐された仲間が、皇帝だったなんて。

不思議なことに思い出してからは、大接近したせいもあって、陛下に対して身構える気持ちが減っている。

細かいことまで覚えていないといいけど――。

涙を舐められた近い距離のことが鮮明に蘇ってきてしまい、ついさっきのことのようにドキドキする。

〝泣いたことを隠したいなら俺は誰にも言わん。怖い思いに気づかなくて悪かった〟

〝菓子屋の娘なら、砂糖菓子みたいに甘いと思ったんだ〟

今思えば、陛下の威光と心遣いに満ちた、上に立つ者の素質のある発言にすら思えてくる。

皇帝は坊ちゃんの頃からいいことを言うものだと感心してしまう。

――褒めすぎかもしれないけれど……あの瞬間は、頼って気を抜いてしまう存在だった。

――でも、知り合いと気づいていたのなら、もしかして陛下は恩を感じてお店を取り立ててくれたのでは？

思案しかける明鈴へ言葉がかけられた。

「最初に言っておくが、鄧桃饅頭を御用達にしたのは、顔見知りの贔屓《ひいき》ではないぞ。味が気に入っているからだ」

「ありがたいお言葉」

一瞬気にかかったことを先に言われて、明鈴はほっとする。

皇帝が代替わりしたことぐらいしか興味がなかった自分を恥じる。とてもいい人みたいだ。

――あの時の子が、立派に大きくなって……。

「…………」

明鈴は自らの時の流れに気づいて複雑な気分になった。

記憶があるせいか、こちらはあんまり成長していないみたいに感じてしまう。舌っ足らずさを除けば、保守的な部分は五歳の時から何も成長していないんじゃないか。

「さて、明鈴。お前に頼みごとがある」

「はい。陛下の仰せのことでしたら、何なりと」

彼の朗らかでよく響く声に、明鈴は背筋を伸ばした。

話の流れからすると、大量注文？　新しい饅頭？　やる気が漲《みなぎ》ってくる。

「お前をたった今より後宮に迎え入れる。これより花天宮《かてんきゅう》で俺と共に過ごせ」

「…………はっ？」

明鈴は固まった。

――――後宮に房間を賜《たまわ》る……花天宮……って、水犀国の後宮の名前で……妃嬪！　寵姫候補っ⁉

何がなんだかわからない。饅頭を届けたのが、どうしてそんな話に繋がったの？

「…………た、大変光栄に思いますが……陛下、父上の許可なく突然というわけには……」

失礼にならないようにはぐらかし、至極真っ当な理由を口にする。

「万寧の許しなら得たぞ。ここ半年、饅頭をもってくるたびにお前の後宮入りを俺自らが頼み込んだからな」

「ええっ⁉」

――――聞いてない！　全然聞いてない！

思い出話からのお戯れ的な提案かと思ったら、用意周到だったなんて。

今考えれば不自然だった父の仮病が頭をよぎる。

『事前に言っておくなど無理だ！　大急ぎでなければ、決心が鈍ってしまう！』

あれは、明鈴を使いにいかせる心配ではなく、嫁に出す決心的なことだったのだ。

――――心労とはこのこと！　ああ、どうして気づかなかったの……。

きっとすごく困った顔をしてしまっているのだろう。琥燈が屈み込み、明鈴の顔をのぞき込んでくる。

そして――――。

「俺の初恋、十三年の片恋を叶えさせてもらう。ああ、先に言っておくが、さらに待てという言葉を聞くつもりはない」

吐息が届く距離で告げられた。

「……そ、んな……」

初恋で片恋、彼の言葉に偽りは感じられない。

憎めない整った顔で、自信たっぷりに言い放った皇帝の顔は、懐かしい生意気な雰囲気と威厳がまざり合った不思議な存在感に満ちている。

箱入り娘で外を知らずに育ってきた明鈴の心に、ぬっと入り込んできてしまったみたいで。

「……あっ……う、ぅ……」

――不意打ちすぎる。あの時と同じだ。

初恋と片恋といった言葉が、余韻のほうが大きく響くぐらいに明鈴の頭の中でぐるぐると回り、理解しようとしても困難すぎて途方に暮れて胸ばかり高鳴る。

耳まで熱くなってきた。

届け物の役目も、恥ずかしい思い出も吹き飛んで、皇帝の前で緊張ではなく照れで卒倒してしまいそうだ。

身に余る幸せだけれど……。

「……っ！　で、できません………」

明鈴は呻くようにして首を振った。横へ振らないと、うっかり頷いてしまいそうな威厳が皇帝にはある。

しかし、固く心に決めていることが明鈴の迷いをぶれなく断ち切った。

――私は、この世界では穏やかに平和に生きる！

憎悪や虐《いじ》め、嫉妬が渦巻き、身の危険が常にある後宮なんて冗談ではない！

安寧とは逆の世界に飛び込むなんて、絶対に嫌だ。

「ほう？」

可笑しそうに琥燈が目を見張った。獰猛な野獣が獲物を見つけた時の喜びにも見えて、背筋がぞくりとする。

「この無礼者！　貴様に異は唱えられぬ」

鋭い声が、琥燈の横に立つ髪の長い男から発せられた。先ほど真っ先に「毒見を！」と叫んだ人だ。

長衣は群青色で、黄土色の外衣。身なりからして、他に房間にいる黒ずくめの宦官ではなく文官のようだ。青みを帯びた鋭い瞳で睨まれた。

「おい、白晶《はくしょう》、明鈴が怖がるだろう。口説いているところだ、邪魔をするな」

……この房間において、真っ当な反応は白晶と呼ばれた男の人のほうな気がした。

「陛下！　早くこの娘にお役目を与えてください」

「お役目……？」

何かを含んだような白晶の口調に、明鈴が聞き返そうとするも、琥燈にさえぎられる。

「明鈴、この者が俺の側近、白晶だ。真面目すぎる文官で、せっかちだが、頼りにしていい」

「せっかちは余計です」

忌々しげに白晶が言い放った。

「明鈴、お前の役目は後宮に入り寵姫となること。妃嬪で過ごす間は与えんぞ、今夜――行く」

「……っ～！」

語尾に色気を含ませて、琥燈が息を吐いたので、胸が摑まれたようにドキリとして、それから全身が震えた。

――――こ、今夜って……！

「陛下、お戯れも程々にして、この娘にやるべきことを――――」

「ああー、そうだ。明鈴に言い忘れていた。俺を前に帰りたいという顔をするつれない態度が気に入ったぞ。困った顔も好もしい」

白晶が何か言いかけたのを琥燈が制し、明鈴の手を取る。驚いて払おうとしても、がっしりと摑まれ放してくれない。

五指の間をつつっと撫でられ、息が止まりそうになった。

「陛下、お話が違います！」

今度はぴしゃりと白晶が言い、琥燈が鬼から逃げろとばかりに明鈴の手を引く。

「怖いぞ、あの冷徹文官は融通が利かん。そうだ明鈴、お前の房間には特別に厨房を作らせた。俺に手作りの料理を作ってきてくれ、菓子でもいい」

息を吹きかけられ、手を取られた明鈴は激しく混乱した。

厨房？　後宮？　料理？　お菓子？　寵姫？

話の流れについていけなくなり、頭の中で言葉がまざる。状況がまざる。

「はっ！　まさか、陛下は特製餡の秘密を探るために……！　私ごときでは完璧な鄧桃饅頭は作れませんよ、手つきも職人には及びませんし、何よりレシピは鄧桃天心楼の宝ですから、後宮に入れられても吐きません！」

「ははっ、俺は愛しいお前が手作りしたものが食べたいんだ。鄧桃饅頭を取り込むつもりはないから安心しろ」

「見たままに初心《うぶ》な小娘ですね。陛下、本当にこの者を？」

明鈴が何かを口にするたびに、白晶からの風当たりが強くなっていく気がする。

「お前に文句を言われる筋合いはないぞ、白晶。もう決まったことだ。宦官！　明鈴を後宮へ連れていけ」

明鈴の左右に宦官が音もなく現れ、異性を感じさせない手つきで両肩に手をかけた。

琥燈が名残惜しそうにぎゅっと指を握ってから、手を放していく。

「今夜、行くからな」

「……うっ」

ドキリとしたけれど、あんなに子供だったのに偉そうに！　という、負けん気も芽生えた。

「………お父様と勝手に話をつけるなんて酷《ひど》いです。随分とずるい大人になったのですね。断れなくして退路を断つなんて」

「気乗りしないか？　だが、すぐに俺がいいと言わせる自信がある。愛し抜く十三年の覚悟を身体で味わえ」

――いきなり、そんなこと言われても……。

「重い、です」

「ははっ！　怪訝そうな顔がしてやったりだ」

もしかして、初恋とか片恋じゃなくて、饅頭を無理やり食べさせた十三年越しの復讐をされているんじゃないの？

そんな疑いすら起こる。

「確かに皇帝の権限でずるい手を使ったな。では、詫びに一つだけ機会を与えよう。お前は花天宮で俺に抱かれるまで好きに逃げていい、夜までに逃げ出せたらもとの生活に帰してやる。もちろん、何事もなかったように鄧家の人間には咎めなしだ」

「や、やります！」

今、引き返せるなら、もとの生活に逃げ戻ってしまいたい。

沢山の門を腰牌で通ったけれど、まだ帰ることができる距離なのだから。

「……ふっ、近くて遠い餌だ。逃がすものか」

宦官に連れられて房間から出る時に、琥燈が呟いた気がした。

※　※　※

鄧明鈴が宦官に連れられ、花天宮に入り、門が固く閉ざされた光景を見ながら、琥燈は満足げに息をついた。

「明鈴……」

彼女の名を呼ぶと、鈴が鳴る返事が聞こえるようだ。

幸福の音色だ。

鬼の形相をした白晶に同意を求めたら「空耳です」と水を差されるので言わないでおく。

明鈴から届け物を受け取ったこの房間は、後宮のすぐ横にあるかなり奥の区画だ。窓からは花天宮の門の外側だけが見える。高い壁と樹木で中の様子までは窺えない。

――やっと、手に入れた。

囲ってしまって安堵する。

閉ざしてしまって至高の宝物を手に入れた高揚感に包まれる。

ずっとこうしたかった。

皇帝になり、望む女は明鈴だけ。

願った女は初恋に饅頭をくれた女だけ。

辛抱強く成長を待ち、万寧を頷かせるには時がかかった。

そして、手筈を整えるために根回しもした。

否、させた……。

激昂《げきこう》の始まった血気溢れる右腕の側近に。

その白晶が口火を切って怒りを露わにする。

「陛下！　お話が全然違います！　なぜ、あの娘に何も指示しなかったのですか！　貴方が間者にふさわしい暗殺もできる優秀な娘だと仰るから、房間も何もかも手を尽くしたのです。明鈴様は何もご存じではない、心得もないご様子でしたがっ」

「聞いていただろう。俺の初恋で、片恋の娘だ。彼女が後宮に入る日を指折り数えた……」

白晶が怪訝な顔をする。

これからの語りが聞かせどころなのに、聞いてくれそうにない。

「御託は結構です！　つまり陛下はわたしを騙して、水犀国の今の状況を打開できる唯一の姫だと、手回しをさせたわけです。嘘をついたのですね」

「嘘ではない。水犀国の今の状況を打開するために、俺がやる気になる唯一無二の姫が明鈴だ。どうだ？　言葉にすると似ているだろう」

苦虫をかみつぶしたような顔で白晶が黙り込む。

側近の苦言も、状況もわかる。

だからこそ、あえて彼女を引き入れて、心の励みとしてことに挑みたかった。明鈴を守るためであれば、後宮に切り込むなど容易《たやす》い。

「……とにかく、入れてしまったものは仕方がありません。明鈴様付きということで、宦官を五名、門番を二名、我らが勢力の者をもぐりこませました」

「無駄がなくて結構だ。同じ国で、皇帝勢力がもぐりこまなければならない後宮が見事だな」

琥燈は皮肉に口元を歪めた。

今、水犀国では変事が起こる直前になっている。

火急の事態。

代替わりした国の統治と、円滑な体制の引継ぎに力を注いでいたが、後手に回ったところがあった。

「陛下が後宮に見向きもしなかったせいです。皇太后の勢力が増長しているのを放置した」

「俺は、あの女が苦手だ」

皇太后といっても琥燈の生母ではなく、前皇帝の皇后。皇太后に子はいなかったので、その下の位、皇貴妃の子である琥燈が皇帝となった。

恨まれているのはわかっていたので、なるべく関わらないようにしていたのだが……そのつけが回り、足元をすくわれた。

「皇太后とは会いたくないが、恋しい明鈴のいる後宮だ。これからは通うことにしてやろう」

「恐ろしく不純な動機ですが、まあ、致し方ありません。明鈴様は野心が微塵もなさそうですが、贅沢も言っていられません。まずは、陛下の寵愛を武器に、皇太后の取り巻きの姫達を暗殺や失脚……は無理でしょうから、一人ずつ取り込んでもらい、皇太后を孤立させるように指示してください」

白晶が当初からの計画に明鈴を当てはめたので、琥燈は低く唸《うな》り声を出した。

「しない……俺の話を聞いていなかったのか。明鈴は利用しない。彼女に会いにいくついでに、俺が一人で後宮を探る。手足《しゅそく》を送り込む計画を台無しにしたつけは、行動と成果で払う。だから、あまり明鈴に冷たくするな」

「―――後宮に入った娘と文官のわたしが会うことなど、もうありませんよ。宦官を除く男は陛下、貴方しか後宮に入れないでしょう。もう手が出せません」

びりりとした空気が流れる。琥燈の本気がわかり、呆れた白晶が突き放したのだ。

「必ず上手くやる、上手くいかせる」

「最初から、その本気を出して欲しかったですよ。あんな色香のない小娘がご趣味だとは……まあ、陛下が頑張ってくださるなら本意ではありませんがよしとします」

白晶が引き下がる。過ぎてしまったことは仕方がないとする主義だ。

琥燈の能力もある程度は理解してくれている。

だが、一つだけ……。

頭でっかちな側近に考えを改めさせたいと琥燈は語った。

「色香のない小娘はじきに訂正することになる。あれでも明鈴は十八歳だ。まだ世のことを知らぬだけ、俺の手の中で花開かせてあっという間にすべてを魅了する花に咲き誇るだろう」

腕を広げて花を愛でる手つきをして説明してやることにする。

「わたしは忙しいのでもう行きます。陛下が明鈴様と勝手に約束してしまったので、伽《とぎ》の順番を書き換えなければなりません。幾ら通っていなくても、決めることはあるのです」

ぴしゃりと言った顔には余裕はなく、琥燈の右腕は本当に忙しそうだった。

「疲れている時は鄧桃饅頭に限る。今日はなつめ餡と栗餡があるぞ。どちらか一つなら、わけてやらないこともない」

「いりません。失礼します」

毒見のことは、くどくど口にせず、白晶が房間から出ていく。

琥燈が鄧桃饅頭を毒見なく食べるのは、近しい者ならば知っている話だった。

中身を見せる前に手に取った今日は怒鳴られたが、この饅頭に毒など入っているわけがない。

栗餡を口に入れる。甘すぎず、豊かな栗の旨みと、ほんのりとした癖になる苦み。

「……うん、美味い」

形はこれほど整っていなくてもいい、早く明鈴の手作り菓子が食べたかった。

## 【第二章】初恋からの逃走ならず、寵姫は初夜で蕩けて

明鈴は、あっけに取られたまま宦官に強制連行されてしまった。そして、解放されたのは、固く閉ざされた門の中。

あとの案内は別の者がするのか、役目は終わったとばかりに宦官達は自らの持ち場へと戻っていってしまう。

取り残された明鈴は立ち尽くし、辺りをしげしげと見た。

「後宮……」

――天花宮？　ここが……水犀国の後宮。

まるで天女がそぞろ歩いていそうな美しい夢の園のような光景が目に映る。

豪奢でただ圧倒されていた城内よりも、もっと甘やかで穏やかな空気が流れている気がした。

どこかの木の枝で鳥が囀《さえず》っているのか、チチチと可愛らしい鳴き声が耳へ届く。

四方は隙間なく白く高い壁で囲まれているが、中は緑に溢れていた。

風が柳を靡《なび》かせ、中央にある大きな池を通って、緑の香りの気持ちよい空気を運んでくる。

池には石造りの橋が渡され、六角形の涼やかな四阿《あずまや》が建てられているし、池を取り囲む地面

には綺麗な白い砂が撒いてあり、周りに咲いている木蓮とも調和していて、とても綺麗だ。

中央から四阿、池、白い砂の道があり、さらにその周りには回廊が曲線を描きながら囲んでおり、そこに面して妃嬪達の房間らしき美しい飴細工のような長屋が建てられていた。

見惚《みと》れてしまい、景色に溶け込み、取り込まれてしまいそうになる。

「……っ、いけない、出口！」

——圧倒されている場合じゃなくて……逃げなければ。

幸いにもまだ太陽は真上にある。夜までに何とか脱出して、もとの生活に戻らないと。

「今夜行く、なんて冗談じゃないからっ」

後宮で皇帝が夜会いに来る理由は、明鈴にだってわかる。

夜伽だ。

会ったばかりなのに……でもなかったけれど、そんなことできるわけがない。

だいたい、前世でも未経験。キスだってしたことがない。

少しばかり馴染みがあって、男ぶりのいい皇帝に命令されたからといって、はいそうですねとは受け入れられない。

「来た道は……」

放心から我に返った時には、門に立つ見張りの宦官達が四人に増えていた。

外にも門番がいた気がするから、来た道を戻るわけにはいかない。

——きっとこの手のやんごとなき場所には、秘密の抜け道ぐらい沢山あるに違いなくて。

脱出できなくても、父に連絡を取って泣きついたりする手段もある。皇帝相手には逃げるのは無理だろうけれど、手を弱めてはくれるかもしれない。

秘密の抜け道か、連絡係になりそうな人……。

宦官に見咎められないように、小首を傾げるふりをして目を凝らしていると、明鈴に駆け寄ってくる人影があった。

「お嬢様――――」

全力疾走ではないのに、速くて優雅……息一つ乱さない軽やかな足取りで、明鈴の前にふわりと駆け寄ってきたのは、幼少からずっとお付きの侍女である陽桜だった。

彼女は三歳年上の二十一歳であったが、明鈴とは逆にずっと大人びている。

やや吊り上がった大きな琥珀色の瞳に、高い鼻梁。

整った顔立ちなのに、愛想はあまりない。

焦げ茶色の髪を一つにまとめて大ぶりの簪できっちりと留め、姿勢の良いしゃんとした佇まい、容姿端麗とは彼女のことを表すのではないかと、感じさせる。

いつも乱れなく清潔感漂う、対襟《たいきん》の比甲《ひこう》には、青い花の刺繍がある。中に着ている襦裙は、新調したのか見慣れない水色だったけれど、彼女の姿を見ただけで明鈴は百の仲間を得たような心地になった。

「陽桜！　どうしてここに？　使いに出たって聞いていたのに、でも……ああ、よかった。心強いわ」

陽桜は使用人の娘であったが幼い頃から姉妹のようにして育ったため、心許せる親友と呼べる仲だった。しっかり者で押しが強い、大好きな存在。

「お嬢様のお世話を言い付かったに決まっています。わたくしがせずに誰があなた様のお世話をするというのですか。明鈴様があとからお着きになると聞いて、房間を整えておりました。荷解きはすでに終わっていますから」

「荷解き？　じゃあ、陽桜は私が後宮に入るって知っていたの？」

陽桜の言葉で、万寧が代理を明鈴に頼む前からすでに色々と手配していたことがわかる。

「今朝、聞きました。その足で、急ぎここへ」

「ど、どうして教えてくれなかったの？　陽桜は味方だと思ったのに」

皆で明鈴を騙していたと感じて、陽桜は悪くないのに、つい責めてしまう言葉が出た。

「ええ、わたくしはいつでもお嬢様のお味方です。万寧様から、明鈴様にとって幸せな棚から牡丹餅の素晴らしい話だとお聞きしたので協力いたしたのですが……」

「うっ……ま、まあタナボタといえば、後宮なんてすごいことだけど」

周りをすっかり固められている気がした。

冷や汗が背を伝い、顔が引きつる。それを不安と受け取ったのか、陽桜が安心させるような優秀な笑みを向けてくる。

「ご安心ください。房間の安全は針一本に至るまで確認しました。わたくしの他にもお嬢様付きの侍女が後宮より十名選出されましたが、身の回りのものには触らないように徹底させます。

身分の差を盾に反論されましたが、今は言いくるめて各自の房間へ戻らせています」

「そ、そう？　さすがだね」

光景が目に浮かんだ。

陽桜がいてくれれば、思ったよりも後宮は安全なんじゃないかと思えてきた。

「後宮入りおめでとうございます。お嬢様に、万寧様よりお手紙を預かっています」

彼女が喜びの言葉と共に、恭しくお辞儀をして手渡してきた書簡を明鈴は言われるがままに開く。

そこには――


〝愛娘、明鈴よ。そろそろ成長を願う〟


短い文章が書かれていた。万寧は明鈴が子供ぶって縁談を断っていたのを、完全にお見通しだった。

「ああ～、やられたー」

これで、父に泣きついても無理だということが確定する。

「さあ、お嬢様の御房間は庭の東にございます。他の妃嬪の皆様より、広くて美しい御房間で、さすがお嬢様、わたくしも鼻が高いです」

「あのね、陽桜。私、逃げ……」

言いかけて、明鈴はこんな場所で逃走計画を練るのはどうかと思った。

宦官に企《たくら》みはまる聞こえであるし、後宮でも自分を世話しようと張り切ってくれている陽桜の様子に、自分一人、往生際が悪い気がしてきてしまった。

幸いにも、まだ昼間だ。陽桜がせっかく整えてくれた房間も見たかったたし、相談して、できれば味方になってもらわなければならないことも山ほどある。

「……うん、少し見ていこうかな」

「はい。ご案内します」

庭から回廊に上がると、陽桜に案内されて、用意されたという東の房間に向かって明鈴は歩き出す。

途中、楼や閣、台といった眺望用の建物が庭に面してあり、回廊も龍の背のように緩やかな高低差がつけられていた。

だから、庭の風景が先ほどとはまた違って見えて、ゆっくり菓子でも食べながら見たいな、とついつい思ってしまうけれど、そんな場合ではないと首を振った。

「こちらです、お嬢様」

陽桜が止まったのは、房間の中でも一番端の場所だった。長屋ではなく、離れのようになっていて、接している房間は一つもない。

外から見ても、明らかに広そう。

壁には美しい飾り窓、屋根には綺麗な朱色の瓦が日光に輝き、軒先には四角い吊灯が幾つも吊り下げられていた。陽桜の発言も大げさではないらしい。

陽桜が房間の大きな扉を開けると、さらに豪華絢爛《けんらん》な様子が目に飛び込んできた。

宴ができそうなほどの広さ。房間を三つ合わせたような造りで、真ん中の部分だけが少し奥まり、天井も高い。その天井の縁と壁には見事な水墨画が描かれていて、房間自体が風光明媚《ふうこうめいび》な風景のようだ。

調度品も一目で特級品だとわかる。すべて揃いの飴色の椅子や卓が多数。奥には大きな白い壺が置かれて、吊灯も多すぎるほどに取り付けられている。

「房間はこれだけではありません。わたくしの眠る場所まであるのです」

陽桜が示す先には、さらに一つではなく、複数の房間が見えた。

一つは陽桜用の小さな房間で、他の侍女は毎日通うのだと胸を張って説明してくれる。

もう一つは寝所だ。広い上に、見事な透かし彫りの寝台が置かれていた。突き出したアーチ状になっている屋根をくぐると、奥に数人が寝られる大きさの寝台があって、大木の幹を掘って作った洞《ほら》のよう。

様々な商品を扱う鄧家の娘である明鈴でも、見たことがないものばかりだ。

「あとこれは一番、お嬢様が喜ばれると思うのですが……」

衣装箱の置かれた小さな房間を通り過ぎ、最後に陽桜が案内したのは厨房だった。

陛下が言っていたことと思い出して、苦笑いする。事前に手作り菓子を強要されなければ、喜んでいたかもしれないのに。

「あっ！　これ、お父様にお願いしていた物！」

明鈴の目がそこに置かれていたものを見て輝く。秤《はかり》だ。

今まで使っていたよりもずっと精巧な秤で、複数のものが一度に量れるので便利だが、とても高価でさすがに万寧もなかなか買ってくれなかった。

「これも一度試してみたかった食材⁉」

隣にある台に置かれた果物を見て、明鈴はさらに目を丸くした。前世では食べたことがあったけれど、南国でしか作れないもので水犀国ではめったに手に入らない。

少量でいいから、一度試してみたかった。

他にも、特に香辛料は、高くて手に入らないものがずらりと揃っている。さすが皇帝。

——ここに来られて初めてよかったと思ったかも。

珍しいものに囲まれて、思わず笑みを浮かべそうになって、明鈴はハッとした。

これでは皇帝の思うつぼ。気にしない。気にしない。

手を出しかけた食材を泣く泣く諦めると、明鈴はとりあえず房間に戻った。

「素晴らしい房間をいただいたということは、それだけ陛下が明鈴様を大変お気に入りということです。おめでとうございます」

用意してもらった茶を飲みながら、陽桜の話を聞く。いつも凛としていて、はしゃぐことの少ない彼女でさえ、この豪華な房間と状況に興奮しているように見える。

一方、明鈴はこの状況に困惑していた。

侍女のことだけでなく、外堀を埋められ、さらに周りからじわじわ詰め寄られている感じとでも言うのだろうか。

「それで……ええと、陽桜以外の侍女は自分の房間で待機してもらっているのよね？」

陽桜の勢いに負けて、明鈴はとりあえず後宮内の生活について話題を振った。

「はい、十人おりますが信用なりませんので必要のある時以外、ここへは絶対に入れないつもりです」

びしっと言い放つ陽桜が何とも頼もしい一面、それだけ危険が多いということを示唆しているわけで、げんなりとする。

「やっぱり後宮内ってそんなに危険な場所なの？」

「はい。わたくしも他の侍女から聞いただけなのですが……天花宮での噂の広がりはとても早く、陛下の寵愛を賜るため、妃嬪達は互いを蹴落とそうと日々切磋琢磨しているそうでして。中でも、特に危ないのは陛下のお手つきになる前だそうです。消えてもわからないからとか」

こういった時、はっきりと物事を言ってくれる陽桜は何とも助かる。

ただ、消えたあとに何をされるのか、を聞くのはさすがにできない。

「ですから、今からお身体を磨いて、夜の支度をいたしましょう。一日でも早く陛下と寝所を共になされるのが、後宮内では一番安全への近道なのですから」

「それなら今夜行くって、さっき言われたから心配ないのだけれど……」

つい陽桜がいるので、いつもの調子でぽろっと言ってしまう。

「それはそれはおめでとうございます。やはり、わたくしの明鈴様の魅力を、陛下もわかっておいでなのですね」

手を取って、自分のことのように陽桜が喜ぶ。

まったくもって、明鈴としては嬉しくないのだけれど。

「そうとわかれば、今夜は気合いを入れてお支度をいたさなければ……さあ、鏡の前にお座りください。すぐに取りかかりますので」

「待って、支度はいらない。いや、いるけど別の用意が必要なの」

さっそく髪をどうしようとか、衣は、と陽桜が悩み始めてしまったので、明鈴は慌てて本当のことを話さざるを得なくて――。

正直に妃嬪達の中から、後宮から出たいことを話す。口に出すと止まらなくなり、流れるように明鈴は皇帝の理不尽さまで訴えてしまった。

「そうでしたか。先走ってしまい、申し訳ございません……では、お手伝いいたします」

考え込むのも一瞬、陽桜は夜伽の豪奢な衣装ではなく、身体に馴染む襦裙を吟味していく。

「……いいの？　脱走を手伝ってくれるなんて」

陽桜は明鈴の侍女だが、主は父の万寧である。

鄧家や主人のことを考えれば、ここは明鈴を後宮に閉じ込めておくほうが正しいとも言える。

「もちろんです。わたくしはお嬢様のご意向に従います」

「ありがとう、陽桜。後宮についてきてくれたのが貴女でよかった」

「お嬢様の幸せが一番ですから。では、逃げる準備を。お任せください」

やはり、陽桜の存在は何より明鈴にとって心強かった。


一番軽い薄桃色の襦裙に着替えさせてもらった明鈴は、暗くなったのを見計らってそっと後宮の房間から抜け出した。

房間は、そのまま明かりをつけて、明鈴が中にいるかのように工作をしておく。

陽桜も一緒に連れていこうか迷ったけれど、もし捕まったら、後宮から逃げるのを手伝ったと罰を受けるかもしれないので、何とか説得して残ってもらった。

後宮から無事出ることができたら、その後手を尽くして陽桜を鄧家に戻してもらうつもりだ。

足音を立てないように、姿が見つからないように注意しながら、記憶を頼りに入ってきた後宮の門を明鈴は探した。

幸いなことに、皇帝の渡りを待つためか、回廊に人影はない。

――こういう時は、交代で手薄になった時を見計らって抜け出せば。

回廊を歩きながら、脱出の手順を考える。

門を見つけ、近くに隠れて、逃げる機会を窺う。

けれど、明鈴の思惑はすぐさま崩れ去った。

「……えっ！　な、なに？」

いきなり大きな銅鑼《どら》の音が後宮内に響き渡る。

緊張していた明鈴は思わずびくっと身体を震わせた。

「なんの銅鑼？　そうか、陛下が来るっていう合図」

てっきり見つかったのかと思ったので、ほっと胸を撫で下ろす。

「いいや、違う」

「では、何だというので……す、か？」

反射的に尋ねてしまってから、しまったと気づく。しかもその声には聞き覚えがある。

ゆっくり後ろを向くと、そこには案の定、琥燈が立っていた。

美しい絹の夜着に、雅な桔梗《ききょう》色の羽織を肩を通さずにかけていて、金色の帯には霊芝《れいし》の模様がさりげなく躍っている。夜を含んだ色艶のある姿。

そして、彼は手になぜか饕餮《とうてつ》という怪物の面を持っていた。

九匹いる龍の子の一匹といわれ、曲がった角と虎の牙を持っている人の顔。魔除けとして、装飾に使われたりするけれど、とても恐ろしい姿。

「今から逃げるお前を捕まえるぞ、という合図だ」

「どうして……私が今、逃げるとわかったのですか？」

ゆっくりと琥燈から距離を取りながら、口にする。

「わからないはずがないだろう。俺は十数年お前をずっと想っていたのだからな。考えなどお見通しだ。後宮に入れたからといって、簡単に抱かれる女でないこともな」

「そんな……」

――ずっと想っていた、だなんて……ううん、これも陛下の罠に違いない。

少し鼓動が高まりそうになったところを、首を振って否定する。

今はとにかく逃げなくては。気持ちはその後で十分。

「そら、早く逃げなくていいのか？　まあ、お前の行き先は俺の腕の中しかないがな」

「いきなり、そんなこと言われても……無理！」

頬を赤くしながら、明鈴は一目散に走り出した。

回廊だと音がして見つかりやすいと思い、庭へと下りる。しばらく走って、後ろを見たけれど、なぜか琥燈は追ってこなかった。

――いつでも捕まえられるってこと？　それとも私の考えや行き先が本当にわかるの？

そんなことはありえないと否定して、逃げることのほうに考えを集中させる。

「……ここは……どこ？」

だが、必死に走ったのでここがどこだかわからなかった。

自分でも間抜けだと思うのだけれど、後宮内の構造など商家の娘が知るわけもなく、琥燈から逃げるのに精一杯でどう逃げてきたのかを覚える余裕もなかった。

――ひとまず、明かりのほうに……。

見つかる危険があるけれど、真っ暗闇な庭の中でじっとしているのも恐い。

明鈴は遠くに光る吊灯の光を追って、再び慎重に歩き出した。よっぽど後宮の外れに来てしまったのか、近寄っても見える光は一つしかない。

「もしかして⁉」

罠だと思った時にはすでに遅かった。

「だから言っただろう？　お前がどこに逃げようが俺は捕まえる」

先ほど手に持っていた面をかぶった琥燈が後ろに立っていた。

「吊灯を一つだけにして私をおびき寄せたのですね。だまされた……」

「人聞きの悪いことを言うな。お前を抱く策と言え」

でも、まだ捕まっていない。

逃げる呼吸を計っていると、琥燈がずいっと顔を近づけてきて面を取る。

ぎらついた緋色の双眸が突然現れて動けなくなっていると、彼が明鈴の頰をぺろりと舐めた。

「なっ……なっ……！」

不意打ちすぎる。

――――それに、今のは……。

明鈴は頰を押さえてぽかんとした。

「あの時と違って、今日はまだ泣いていないのか？　今夜はお前を快楽で泣かせてやるぞ」

「お、大人ですから簡単には泣きませんっ！」

ごしごしと頰を擦り、がばっと身を引く。

――――陛下もこんな細かいことを覚えていたなんて！

相変わらず一気につめてくる距離感に、感心ではなく、激しい貞操の危機を感じる。

——冗談じゃない、捕まるものですか……！

手を伸ばされ、捕まってしまう前に明鈴は再び走り出した。今度は回廊に飛び上がると、とにかく琥燈と反対方向に逃げていく。面をかぶりなおした彼が追いかけてくる気配がする。

「えっ⁉　どうして？」

しかし、回廊を真っ直ぐに進んで左右に通路がわかれたところで、いきなり現れた姿に明鈴は面食らった。

面をつけた琥燈が右側に立っている。

「後ろにいたはずなのに……」

慌てて左側に逃げる。後ろを見たけれど、暗闇に紛れて琥燈が追ってきているのかはわからない。

——城には皇帝の脱出路があるっていうし、隠し通路でもあるんだ。

それにしても、なぜ明鈴の行き先が予想できるのかわからない。

——本当に私の考えはお見通し？

「ここにも⁉」

また、角まで行ったところで面をかぶった琥燈と出会う。

今度は思い切って、踵《きびす》を返してみるも、やはり少し行ったところで琥燈が待ち構えている。

「どこに逃げたらいいの？」

すっかり明鈴は混乱していた。

どう逃げようとも、その先には琥燈がいるのだから。

――――後宮から逃げるのは一旦、諦めよう。夜の間だけでも隠れて、やり過ごせば。

方針転換をしたところで、今度は明鈴を探す饕餮の面を先に明鈴が見つけた。辺りを見回していて、まだこちらに気づいていないようだ。

ちょうど良く、明鈴の右手には明かりの消えた房間があった。

――――勝手に入ってごめんなさい。

心の中で謝ってから気づかれないようにそっと中へ忍び込む。幸運なことに、そこは誰もいない空きの房間のようだ。

寝息は聞こえてこないし、人が動く音もしない。

じっとしていると、完全な暗闇に目が慣れ、次第に中の様子がわかってくる。

房間の中央には大きな家具があるだけで、他にはわからない。それは箱状をしていて、暗闇の中で装飾か何かが微かに輝いている。

「これってもしかして、寝台？　ここって……」

呟いたところで、いきなり房間にあった吊灯に火が点《とも》った。

驚き、飛び上がりそうになる。

「俺の寝所だ。こうまで上手くいくとは思わなかったな」

後ろにはまたしても面を被った琥燈の姿があった。彼の言葉どおり、房間はまぎれもなく皇帝の寝所に違いなかった。

床には見事な龍の刺繍の入った紫色の絨毯が敷かれ、中央には明鈴に与えられた房間のものよりもさらに大きな寝台が大きな丸い柱に挟まれて置かれている。これもまた紫色をしていて、周りを金糸で刺繍された布で覆われている。

他には高価そうな丸い四本脚の香炉が床にあり、そこからゆっくりと穏やかな匂いの麝香《じゃこう》が立ち始めていた。

「いつの間に入ってきたのですか……」

「お前より前にだ。最初からここにいた」

琥燈が面を外して答えた。

「そんなはずありません。陛下は先ほど回廊の先で私を探していらっしゃいました」

「お前が見たのは俺ではない。これだろう？」

手に持った饕餮の面を、琥燈は明鈴に向かって放った。

壊れないように慌てて受け止める。

「あっ……まさか、面を被った他の人⁉」

行く先々に琥燈がいたように思えた仕掛けに明鈴は気づいた。面の印象が強すぎて、饕餮の面を被った者が琥燈だと思ってしまったのだ。

「よく気づいたな。あれは面を被らせた宦官。皇帝の権力と隙のない精鋭の宦官をもってすれば、袋の鼠だ。ここには暗殺者がよく迷い込むからな」

琥燈が勝ち誇った顔で笑みを浮かべる。

「俺の想像していたとおり、いや想像以上に、賢く魅力的な娘に育ったな。俺は嬉しいぞ」

「貴方のために成長したわけではありません」

手のひらで転がされていたことについ反発をしてしまう。

「いや、俺のためだ。この日のためにずっと待ち続けたのだからな。お前を抱くために」

ゆっくりと近づいてくる琥燈。寝所に来てしまった明鈴に、もう逃げ場はなかった。

——抱かれてしまう。私、この人に。

彼の手に搦《から》め捕られ、強引に胸の中へ抱き寄せられてしまう。こうなってしまっては、もう明鈴とて諦めるしかなかった。

「つかまえた。もう今夜は離さん、追いかけっこは終いだ」

俯《うつむ》いていた明鈴の顎を、琥燈が指で上に向ける。

凜々しい顔が近かった。意地悪な笑みを浮かべたままだけれど、その瞳は自分だけを映している。

身体同様、搦め捕られてしまったかのように、明鈴もその緋色の瞳から視線を逸らすことができない。

「陛下、その……私は……あの、ん————」

初めて、だから優しくして欲しい。

そう告げようとした唇を逆に荒々しく塞がれる。

——キス……された。

初めての口づけを琥燈に奪われていた。触れるだけではなく、押しつけられた熱い口づけを。彼の唇の感触が、ありありと伝わってくるのを止められない。

しかも、その火は明鈴の中へも点り、熱していく。蠟《ろう》が溶けるように、身体からは力が抜け、
抵抗する気持ちもすべて消し去られてしまった。

——くらくら、する……。

「陛下はやめろ。琥燈と呼び捨てにしろ」

——陛下を呼び捨てに、だなんて。そんな無礼なことできない。

唇が動かずに、顔を弱々しく振って意思表示する。

「二人になった時だけでもいい。名で読んでくれたら、手荒にはしない」

手荒にしないというのは、当然このあとの寝所でのことで。

結局、頬を朱に染めた明鈴は頷くしかなかった。

琥燈という人は、きっとここで首を横に振っても、思うとおりにしてしまうだろう。自分を
寝所までおびき寄せたように。

「誓いの証に今、ここで呼べ。呼ばぬまで口づけをする」

その直後に、強く唇を押しつけられる。また熱い感触が明鈴の身体を貫く。

そして、息が苦しくなったところで解放された。そんな口づけを琥燈は二度、三度と繰り返

していく。包み込み、すべてを屈服させる口づけ。

幼い頃に出会ったきりだけれど、これが激しい彼の気性、生き様、そのもののように思える。

「琥燈……様。もうお許しください」

許しを得ようと、口づけの合間を縫って口を開き、琥燈を見上げる。

「明鈴……」

今まで聞いたことのない愛しい意味を込めて、琥燈に名を呼ばれる。そして、さらに熱い、啄むような口づけが降りてきた。

「ん――――んぅ……」

彼の腕が明鈴の腰へと回され、すぐ後ろにあった寝台へと押し倒されてしまう。

「どれほど俺がお前を好いているかわからないだろう？　壊したいほどだ。皇帝の地位を捨てて、昼夜問わず、すべての情をぶつけたいほどにだ。だが約束は守ろう。優しくする」

明鈴の艶やかな黒髪を長い指で愛しげに梳《す》きながら、琥燈が熱のこもった瞳で見つめてくる。

――――恐い。先に……進んでしまう。

強ばらせた身体をほぐすように、明鈴の髪に彼は口づけをした。

そして、琥燈がさっと簪を引き抜く。

「あっ……」

思わず、無防備な声がもれてしまう。

結っていた癖を名残惜しむように髪がほどけ、広がっていく。

「綺麗だ、明鈴。この髪も、隠すことができない白く上質な肌も。お前の何もかもがだ」

琥燈の双眸には、自分への強い感情が込められているように思えた。今度は惹かれるように唇が吸い寄せられ、胸が痛くなるほどの優しい口づけをされる。

「あの時から、ずっと求めていた。お前だけを思い続けた。だから叶えさせてもらう」

耳元で甘い言葉を囁かれる。息が熱く、くすぐったかった。

――変な気分に……なってる。

身体はもう隠しようもないほどに熱くなり、肌が火照っている。好きだと熱く囁かれたのは、前世でもなかったことだった。

だからだろうか、拒めない。

「んっ、あっ……あ、あっ！」

琥燈の唇がまた自分の口を覆ってしまうと思い、声を上げたけれど、今度はかき消されなかった。

代わりに淫らな声が出てしまう。口づけが首元にされたからだ。

吸うようにして、唇を押し当てるとその熱を移していく。まるで自分の物だと所有者の焼き印を押すかのようにされる。ぞくぞくと背中が震えた。

――首筋って……こんなにも敏感で……あっ！

「あっ、あっ……ああっ……」

抑えようとしても声がもれてしまう。

男の人に想われたことも、口づけをされたことも、何もかも初めてのことで、どうしていいのかわからない。明鈴は身を任せるしかなかった。

やがて、琥燈は首に口をつけながら、手で襦裙を乱し始めた。

胸元が開《はだ》け、今まで男性には誰にも見せたことのない肌が露わになる。今度はそこに何度も彼が啄み、胸の膨らみの端を楽しむかのように触れた。

「もっと見せてくれ、お前の美しく白い肌を」

また耳元で甘い声が聞こえてきて、ハッとした時には胸元はより大きく乱されていた。

双丘が露わになり、獲物を見つけた狼のようにさっそく琥燈が牙を剝く。

「駄目です。そんなところまで……ああっ！」

先端の赤い蕾を琥燈が口に含み、ゆっくりと形を確かめるように舌が触れた。全身に走った刺激と背徳感に、背中が震える。意思と違い、もっとして欲しいかのように胸を突き出して身体を反らしてしまう。

「良い形だ。皇帝とて、虜になる胸だ」

「……あっ！　んんんっ！」

あむっ、と唇で胸の蕾を押しつぶされる。

今までよりもずっと強い刺激が身体中を駆け巡った。

寝台ががたがたと揺れる。

「もっとして欲しいか？」

すぐに首を横に振ったけれど、意地悪な皇帝は止めようとしなかった。

弱点を見つけたかのように、執拗に乳房の頂を弄《まさぐ》り続ける。そのたびに左へ右へと明鈴は身体を揺らすことしかできなかった。

――とても変……身体から……何かが溢れ、そう……。

息は荒くなり、熱があるかというほど肌は熱い。琥燈が触れている場所に至っては焼けるように熱くなってしまっていた。

白い肌がうっすらと薄桃色に染まっていくのが自分でもわかる。それがとても淫らな身体のようで、恥ずかしい。

けれど、止め方を知らなかった。

よくわからない甘い感覚が広がっていく。

「明鈴、もっと乱してやる」

琥燈は飽きないのかと思うほど、明鈴の胸を触り続けている。

蕾を弄るだけでは足らなくなったのか、触っていないほうの乳房を握りしめ、回すように揺らし始めた。

――恥ずかしい……けど……なんだか……。

まだ羞恥心のほうが勝り、よくわからない。けれど、嫌な気持ちにはならなかった。

彼にされることすべてを受け入れてしまっている自分がいた。

熱のせいか、頭が次第に茫然としてきてしまう。

しかし、快楽に浸ることは知らなかったし、許されなかった。すぐに新たな刺激を感じて、びくっと身体を震わせた。

「へい……琥燈様！」

無意識に陛下と言いそうになったのを、寸前で言いなおす。

「よく途中で気づいた。でなければ、このまま激しく乱すところだったぞ」

琥燈の言葉に首を何度も横に振る。

その間も彼の指は妖しく動き、裙を明鈴の足から引き抜くと、襦を乱しゆっくりとはだけた。

太陽に照らしたことなど一度もない白い腿が晒されていく。

けれども、琥燈の狙いはその柔らかな肌ではなく、さらに上だった。

「あ、あ、あっ！」

下肢の付け根を触られた時、思わず身体が寝台から跳ねた。

――――何⁉　今の……どこに触れたの？

直接、神経を触れたような鋭い快感と刺激が明鈴を襲った。

「女の蕾の中で最も敏感なところだ。初めは強すぎるかもしれないが、すぐに慣れる」

「あ、ん、あっ……やめ……て……ああっ！」

刺激が強すぎて、痺れてしまいそう。

女の蕾と琥燈が言ったそこは、指の腹で撫でられると、胸とは違う突起のようにぷっくりと膨らみ出した。

大事な何かは確かに覆われているというのに、胸の先端よりも敏感で、刺激を直接明鈴に伝えてくる。

――――そんなところ……触れてる……なんて。

恥ずかしさのせいでもう琥燈の指の動き以外、考えられなくなる。

「は、あ、あっ……ん、あ、ああっ……あっ！」

嬌声を上げずにはいられなかった。刺激をどこかへ逃がさないと壊れてしまう。身体の奥から強い衝動がこみ上げてきて、苦しくて仕方がなくなる。

それが何なのかは、今の状況ではとてもわからなかった。

「ううう……やめて……ください……淫らな私を……見ないで……」

恥ずかしさは頂点に達し、明鈴は涙目で懇願した。

だが、琥燈は首を横に振る。

「恥ずかしがる必要はない。人払いしてある。この近くには俺とお前しかいない。だから、思う存分、お前の甘い吐息を聞かせろ」

皇帝は何と酷いものを所望されるのだろう。

明鈴にはやはりそれを拒否することは敵《かな》わなかった。琥燈の指は食い込まんばかりに下肢を強く擦り、それればかりか、胸をも愛撫してきた。

甘く、鋭いものが同時に明鈴を犯す。

「……ん、ん、んんっ！　んっ！　あっ！　ああっ！」

二カ所同時に敏感な場所を刺激され、我慢など到底無理なことだ。

刺激は身体の中で衝突し、やがて波長が合うと、衝動を倍増させる。杯からこぼれるように、何かが明鈴の中から一気にあふれ出した。

「……ひゃっ！　あっ！」

小さく悲鳴のような声を上げ、明鈴はびくんと大きく身体を震わせた。

寝台の揺れる、がたがたという音が房間に響いていく。

――何……今の？　溢れて……雷が走ったみたいに……身体中が痺れて……。

熱にうかされているかのような身体の異常は変わらないけれど、激しい脱力感と気だるさ。菓子とは違う甘いものが、全身を満たしていた。

――もしかして、これって……。

前世の記憶をたぐり寄せ、明鈴は顔から火が出るほどの恥ずかしさに苛《さいな》まれた。

――初めてで、達してしまうなんて。

「これで身体はほぐれたはずだ。抱く」

いきなり宣言され、明鈴は何をされるのか咄嗟《とっさ》に理解できなかった。

ただ、先ほどまで下肢を触れていた指が腿を摑み、強い力で足を開き始めたことに気づき、無意識に再び身体を硬くした。

しかし、それも一瞬のことで、絶頂で敏感になった乳房を舐められ、すぐにほだされてしまう。

「覚悟を決めろ。幸せにしてやる。この国の誰よりもな」

身を任せたくなってしまう頼もしい言葉が聞こえてきて、完全に力が抜ける。

それでも琥燈のほうを見るのは躊躇《ためら》われて、どうなってしまうのかわからなくて、顔を横に向ける。

すると気が変わらないうちにというのか、隙を突くように明鈴の下肢にとても熱いものが当てられた。

「あ……あぁっ……」

愛撫されたことで蜜が濡れていた秘部に触れると、強い力で押してくる。そして、隙間を滑り入ってくるように一気に侵入してきた。

膣口を擦り、膣襞を引きずりながら、肉杭が膣内を埋めていく。

熱が今度は肌を通さずに直接、明鈴の中に流れ込んできた。

そのまま、さらに何かを破り、奥で繋がって止まる。

――あ、ああ……熱い。とても……熱い。

初めては痛い、と聞いていたけれど、幸運なのか、琥燈のおかげか、ほとんど痛みは感じなかった。

だから、恥ずかしさと変な気持ちだけが膨れあがっていく。

「痛くはなかったか?」

繋がったからなのか、繋がっているからなのか、琥燈がとても優しい顔をしているように見えた。

下肢を動かすことなく、手で明鈴の髪をまた梳く。

――これが……男の人と繋がること。

意識を巡らすと、自分の中に自分でない生を感じた。

自分と琥燈と、鼓動が二つある。とても不思議な気分。

ただ、嫌な感じは一切しなかった。安心するとまで思えてしまう。

望んでいた、とはいえないし、突然のことだったけれど、それでも怒りも悲しみも感じないのは、相手が琥燈だからだろうか。少なくとも皇帝だからではない。

「どうした？　とてもそそる顔をしている」

「そんなことありません！」

きっぱりと明鈴は否定した。

――そう、私はあくまでも皇帝に夜伽を言い付かった商家の娘。

自分に言い聞かせたけれど、そんなことは彼と繋がり、腕の中にいてはなんの意味もなかった。

「そうか、ならもっと淫らな顔で俺を喜ばせてもらおう」

「あっ……うっ……」

彼の身体が硬くなり、力を入れたのがわかる。

明鈴の中にあった熱杭もそれだけで硬さを増して、密着している膣壁を押し返してきた。それだけで強い刺激が明鈴の中に走り、声が出てしまう。

「少し激しくするぞ」

「そんな……手荒にしないっていったのに……あぁあっ！」

非難の声も途中で淫らな声に変わってしまう。琥燈が腰を動かし、雄々しいそれで明鈴の蜜壺をかき混ぜ始めたからだ。

密着した熱杭は熱と刺激をじんじんと広げながら、膣襞を削っていく。

押しては引く刺激の波に、明鈴はただ喘ぎ続けた。

「は、あっ、うっ……ああっ、あっ……」

何度も執拗に膣肉を擦られる。

むき出しの神経を直接弄られているような、そんな錯覚さえ浮かぶ。強烈な刺激は、身体のどこを触られたものより強く、そして圧倒的な実感があった。

——私は……琥燈様に……抱かれて……いる。

されている行為は激しく、すぐにでも止めて欲しいと思う。

けれど、その激しさは生きている証のような気がして、受け入れてしまう自分がいた。

琥燈だけではなく、明鈴も繋がり、強く身体を合わせることで、生を感じた。

これが喜び、なのかもしれない。人として、今を生きているという実感。

「はぁっ、あっ、はっ……ん、んっ、あっ！」

喜びに震えるように、突かれるたびに身体が痙攣する。

それは琥燈の熱杭も同じで、びくんと震えているのがわかる。

やがて、彼の動きは意思を失い、暴れていく。

「あうっ……うっ……ううっ！」

熱杭が打たれる角度が乱れ、力強く、執拗に蜜壺の奥へとねじ込まれる。

――――琥燈様の……ものが……奥をついて……。

秘部の奥の奥、身体の中心で、それを明鈴は感じていた。

もう、どうにもできない。たぶん琥燈にも。

二人の息づかいは荒く、寝台の激しく揺れる音と混じり、房間に響いていく。

今、この瞬間、琥燈以外のものを感じることはまったくできなくなっていた。それほどに彼の行為は強烈で、そして、自分の中の衝動を疼かせる。

「……明鈴」

獣のような息をはきながら、琥燈が明鈴の名を呼ぶ。そして、またあの荒々しい、奪うような唇で口を塞がれた。

「ん――――んっ、んっ――――」

唇と秘部を同時に塞がれて、苦しさが増していく。

そして、甘かった。口づけがとても甘い。

身体の中の熱を溶かそうというかのように、琥燈の唇が甘く感じる。

「あ、あ、あっ！」

琥燈の腰の動きは最後を予兆させるほどに激しく、そして乱雑になっていった。自分でも抑えられないかのように荒ぶり、暴走していく。

ただでさえ、彼の熱杭には狭いというのにより太く、硬くなる。

「あっ……あっ……ああっ……」

明鈴は小さく達することを繰り返していた。

刺激があまりに強すぎて、逃がすところがない。だというのに、身体を痙攣させ、その衝撃で琥燈の熱杭をより強く抱きしめてしまう。

――もう、いっぱいなのに……琥燈様で……私の中は……いっぱい……で……気持ちよくなる！

恥ずかしいけれど、ごまかしようがなかった。

琥燈のしてくることは、激しさと甘さを内包していて、身体がほだされていく。気持ちいいと震えてしまう。

初めてのことなのに。男の人と身体を合わせることが。

なのに、気持ちよくなってしまっている。

「……明鈴」

彼の身体が、息が、鼓動が、そして熱が明鈴と一つになっていく。

それはとても愛しいことに思えた。

今、すべてを琥燈に包み込まれている。

守られている。

すべてをゆだねたいと思っている。

「んん――あっ、んっ……んんん……」

彼の腰は明鈴の下肢を叩くように突き下ろされる振動で、双丘が揺れる。

房間には肌と肌がぶつかり合う乾いた淫らな音が加わり、熱気が広がっていく。淫らでないものなど、ここにはないかのよう。

しかもそれらは限度を知らずに大きくなり、明鈴に甘い痺れをこれでもかと運んでくる。

「……くっ！」

琥燈の顔が歪む。

彼は苦痛ではなく、何かをじっと我慢しているのだと、繋がっている明鈴にはわかった。こんな状況だけれど、その顔を見て頬に手を添えてあげたくなる。

こんなにも自分に情熱を伝えてくれているのだから。恐がり、一歩を踏み出せなかった自分の殻を破ってくれたのだから。

結局は、今の明鈴に余裕などはないのだけれど。

「あっ！　あっ！　ああっ！　あっ！」

口づけしていた唇が互いに少しずれて、大きな嬌声が聞こえてしまう。

熱杭は今まで引いては押すを繰り返していたのに、急に奥へ挿入したままになった。代わりとばかりに、先端を蜜壺の一番奥にぐりぐりとこすりつけてくる。

──────奥……だめ……痺れて……おかしく、なる……。

自分の中の一番奥、そこが敏感な場所。執拗にそこを責められると、密着した膣襞がそれに反応してぐっと熱杭を締めつけてしまう。

琥燈と何よりも強く繋がっていた。

身体を合わせるのは、快感のためだけではない。気持ちを合わせているのだと知る。

「は、あっ、ああっ……あぁぁ……琥燈っ！」

終わりを望まず、必死に膨張した熱杭に耐える琥燈は、短く腰を動かして膣奥を擦り続けた。

硬くなった熱杭の先端が、爪先のようにがりがりと一番奥の壁を引っ掻く。じりじりとした極甘の痙攣が全身を襲った。

それはすでに一度達している明鈴にとって、耐えきれるものではなく──────。

「あ、あ、あ、あああ……んんんっ！　んっ！」

明鈴は、衝動を手放した。

寝台の上、激しく身体を痙攣させると、反射的に熱杭をより強く抱きしめた。

「──────っ！」

琥燈から小さな声がもれる。

彼も衝動を受け入れたのだと直感した。

抽送は止まり、下にいた明鈴の身体を逞《たくま》しい腕で抱きしめてくる。同時に熱い飛沫《しぶき》が蜜壺を満たしていった。

微かにあった二人の間を埋めていく。

――終わった……。

琥燈は明鈴を抱きしめたまま、寝台に転がり、身体を預ける。決して離さないという意思表示のように。

望んでいたことではなかったけれど、突然すぎただけで、激しくも自分に好意を寄せてくれている琥燈の腕の中はとても温かく、心地好いものだった。

……。

………。

――私……。

琥燈に抱かれながら余韻に浸っていた明鈴は、意識がはっきりしてくると、この状況の危うさに気づいた。

――どうしよう、お手がついてしまった。

ただの小物な妃嬪ならば、後宮から逃げ出すことを失敗しても、用なしだと暇をもらうこともできたかもしれない。

しかし、一度でも皇帝と寝所を共にしてしまったら、無理なこと。

お手がついてしまえば、否が応でも後宮内での地位が高くなってしまう。

皇帝の性格にもよるが、多くの妃嬪は一度も皇帝から呼ばれることなく、暮らしていくのだと聞いたことがある。

だからこそ、陽桜が言っていたように妃嬪達は野心に満ちていて危険なのだ。

新参者は、皇帝の目に留まり抱かれる前にいなかったこととして消されて……。

「あれ？」

――よく考えてみたら、結局お手がついても危ないのでは？

お手がつく前は、確かにあれこれ妨害されるわけだけれど、お手がついて後宮内での地位が上がったら今度は妃嬪達の嫉妬の的になる。

当然、皇帝の寵愛が自分達に向くように色々されるかもしれない。

「はっ……そ、そんな……今度は気楽に、ぬるく暮らす人生を思い切り謳歌したかったのに」

菓子作りに邁進しながら、鄧家をのんびり支えていくつもりだったのに。

後宮で妃嬪達とやり合うなんて、勘弁して欲しい。

――今すぐに後宮から出る方法、もしくは后争いを辞退する方法を考えなくては。

皇帝に失礼なことをすれば、後宮を追い出される――前に手討ちにされてしまう。

こうなったら、皇帝を暗殺して代替わりさせ、暇を――ってどうやって？　毒殺⁉

「……なにをぶつぶつ言っている」

上を向くと、すぐそばに琥燈の顔があった。あんなことやこんなことをされたばかりなので、鼓動がすぐに高まってしまう。

苦笑しながら、琥燈が口を開く。

「それなら、天花宮の頂点に上りつめればいい。安息を与えてやるぞ」

「……本当ですか？」

上半身を起こすと明鈴は声を上げた。

――天花宮で一番の妃嬪になれば、暇をくれる！

警護の厳重な後宮から逃げるよりも、暇をもらうように策を弄するよりも、ずっと現実的で、何とかなりそう。

「まさか、今のでやる気になったのか？」

なぜか驚いた様子で琥燈が顔をのぞき込んでくる。

「はい、天花宮の一番になってみせます」

――それで、早くもとの安息の生活が返ってくる。

後宮で上りつめて、平穏を取り戻そうと明鈴は心に誓う。

「意味がわかっていないようだが……まあ、気づくまで頑張ってくれ」

投げやりな琥燈の言葉はもう明鈴の耳には入らず、襦裙の乱れを直すと余韻もどこへやら、ふらふらと寝所を出た。

※　※　※

琥燈は闇の中で寝所からよたよたと出ていく明鈴を、頬を緩めて見送った。

可愛らしいものを見て、つい、笑い出してしまいそうな呼気を抑える。

捕まえて、その頭を撫で回してやりたい衝動に駆られるも、我慢した。

今、笑ったりからかったりしてしまえば、感付かれてしまうかもしれない。

ややあって、彼女が房間へ無事に戻るまで跡をつけさせた宦官が戻ってきて、初めて琥燈は息を吐いた。

「ふーっ……ははっ、明鈴、やっと手に入れたぞ」

しかも、彼女は都合の良い誤解をしてくれた。

上りつめたら暇がもらえると明鈴は意気込んだけれど、後宮で上りつめる本当の意味がまったくわかっていない。

――あえて、正さなかったが。

これから明鈴がずっと後宮、琥燈のすぐ近くに住まうことが嬉しく、震えが起こった。

まだ、彼女の香りが残る寝具をぎゅっと抱きしめると、それだけで高揚がぶりかえしてくる。

逃げる明鈴を捕まえた時の支配感は、今もまだ身体を疼かせ鼓動を乱れさせた。

寝所に誘い込むなど、強引であったと、無理強いがすぎたと一瞬反省するも、これぐらいしないと手に入らなかったと己に言い聞かせ、また明鈴の余韻に浸る。

――後宮へ入れた途端に、知らぬところで消されたら困るからな。

皇帝が琥燈に代替わりしてから、後宮の妃嬪はすべて入れ替わり、皇太后が後宮に住むことになった。

自薦他薦の妃嬪が集まっていることは聞いていたが、最近では新しく入った妃嬪がすぐに消えているという噂もある。

何でも、入った日に人知れずいなかったことにされるのだとか。後宮に入る日がわかり、その日に手を打てるのは皇太后しかいない。

「新しい妃嬪に入られては困るということか、何らかの選別や間引きをしているのか……」

琥燈は低く唸る。今はまだわからない。

だから、明鈴の後宮入りを可能な限り秘した。本人に逃げられたら困る意図も大いにあったが、それは別の話だ。

それでも夜までの間が不安であったため、逃げることができればと彼女が周囲に警戒するように仕向け、次に琥燈に注意を向けさせた。

面をつけた宦官は琥燈の手のものだけを使い、明鈴に他の妃嬪や宦官を寄せつけないためでもある。

「何にせよ、これで明鈴は……寵姫だ」

琥燈の手がついた寵姫となれば、一番危惧していた初日に消されるといった問題は解決する。明日から明鈴は一目置かれて、黙って消すことはできないだろう。

妃嬪達は身分や勢力で属し合っている。彼女達が誰につくかは日々、気分で変わると聞く。いきなり現れて寵愛を受けた明鈴は、大人しくさえしていれば、様子見とされるだろう。

「明鈴……」

琥燈は暗がりの中で愛しい名を呼んだ。

あれだけ来るのを躊躇っていた後宮に、明日の夜も来たくなっていた。

「お前に勇気をもらうぞ」

引き入れたからには、策に利用しないと決めているし必ず守る。


『必ず上手くやる、上手くいかせる』

側近の白晶に告げげた言葉が蘇った。

虚勢でも、強がりでもない、ずっと欲しかったあの娘が近くにいてくれれば、何だってできる気がするのだ。

実際、今は力が漲り、それを持て余している。

愛しい――――片恋の娘。

昔は大人びていると思ったが、歳を重ねてから募る思いで会ったら、琥燈が包み込める可愛らしさだった。その危うい華奢な色香に負けて、壊しそうな身体を強く抱いてしまった。

明鈴は琥燈の片恋を受け入れ、心を開いてくれるだろうか。

すべての退路を断てば、後宮で捕らえれば、気持ちを向けてくれるという自信はない。

――――俺に恋をせよ、という命令は聞かないだろうな。

「……時は、たっぷりある」

わけあって先に抱いてしまったが、琥燈の熱を伝えて、その存在を強烈に刻み込むことはできたはずだ。

もう、興味がない、戻りたいなどとは言わせない。

もとの生活になど帰してやるものか！

『はい、天花宮の一番になってみせます』

明鈴の先ほど放った言葉が、耳に残って消えない。

彼女は十三年もの間、琥燈のずっと一番だというのに――――。

「ははっ……！」

後宮で一番になるということ、誤解もあるが、確かにそうだ。

でまかせで、上りつめたら安息と言ったが、実際に平和になる。

琥燈の水犀国を制する仕上げとなる――。
残す後宮を、皇太后を制してこそ、完全な皇帝になれるのだから。

## 【第三章】巻き込まれた苛烈な後宮争い～昼も夜も艶やかで激しく競う妃嬪～

皇帝の寝所から戻った明鈴《めいりん》は、心配する陽桜《ようおう》にそれまでの事情を説明すると、さっそく後宮を上りつめる策を練り始めた。

はずだったのだけれど、激しい艶事《つやごと》のあとで結局すぐに眠りこけてしまい……。

「ああ、夢だったらよかったのに」

翌日、目覚めた途端に下肢の鈍い痛みを感じ、昨日の長い後宮での一日が本当のことだと思い知らされる。

ただ、気持ちは前向きだった。もとの生活に戻る手段を見つけたのだから。

――さあ、一日も早い平穏のために今日からさっそく動かないと。

頬を軽く叩いて気合いを入れると、陽桜を呼んで夜着から襦裙《じゅくん》に着替える。

陽桜が明鈴に選んだのは萌黄色《もえぎいろ》の襦裙だった。披帛《ひはく》は明るい菜の花色。

明るい色合いの衣に包まれて、前向きな気持ちになれた。

途中で裸になった際、どこか変わった気がして、明鈴は何となく自分の胸の膨らみに手を当ててみる。

――胸、ほんの少しだけ膨らんだかも。あと柔らかくもなった気がする。気のせいかもしれないけれど、昨日のことがあったから……。

沢山揉まれたし、あちこち触られた。

思い出しただけで顔から火が出るほど恥ずかしくなるけれど、自分に変化をもたらすほど、衝撃的な出来事だったのは間違いない。

さらに、陽桜に薄く頬紅をしてもらった時、銅鏡に映る自分の姿を見てそれを確信した。

「明鈴様、今日は一段とお綺麗ですね」

最初は陽桜に言われ、改めて銅鏡をのぞき込む。

どこが違ったのか、と問われると困ってしまうけれど、確かにいつもより映る姿が大人びた気がした。実際の年齢に近づいただけ、とも言えるけれど。

「そうかな？　どうしてだろう」

化粧が終わっても、自分の姿をじっと見ているのに気づく。気恥ずかしくなって、明鈴は陽桜のほうを向いた。

「お嬢様は、陛下に抱かれて、色気が出たのかもしれません」

「真面目に言わないで、そんな恥ずかしいこと」

冗談を言わない陽桜にそう言われては認めざるを得なかった。

――恋をすると、女性は綺麗になるっていうけど。

それが自分にも当てはまるとは夢にも思わなかった。

なんだか身体だけでなく、気持ちも落ち着かない。

「明鈴様にお仕えできて、わたくしも嬉しく思います。後宮に入った初日に陛下のお手つきになり、ますます魅力的になられたこと」

「ううん、私も感謝してる、陽桜がいてくれてとても心強いし。ありがとう」

苦笑いしながら、陽桜に答える。

褒められるのは慣れていない。ここにいる妃嬪《きひん》達なら「ふんっ、当然のことでしょ、ほほほ」とでも言いそうだけれど。

そう、これから後宮内を上りつめなければいけない。

「さあ、今日から色々やらないと。そのためにまずは栄養をつけないとね」

「はい。今夜も陛下がお渡りになるかもしれませんし」

頑張るところを陽桜は完璧に勘違いしているけれど、否定しないでおくことにした。

きっと彼女は明鈴が皇帝のために女を磨いて、他の妃嬪よりも寵愛《ちょうあい》を受けようとしているのだと、思っているのだろう。

――――あ、あれ？　実はあんまり違わない？

することは違う……はず。

明鈴が相手にするのは琥燈《ころう》ではなく、後宮内の妃嬪、魑魅魍魎《ちみもうりょう》達だ。

頭がこんがらがり始めたところで、朝餉《あさげ》が女官達によって運ばれてくる。卓に置かれたのはなんの変哲もない白粥《しらがゆ》と漬け物が数種。

後宮内ならもっと豪華なものが出てきてもおかしくないけれど、そもそも明鈴は食が細いので朝餉としてはちょうどいい。

「明鈴様、これをお使いください」

運ばれてきた卓には匙《さじ》がついてきたけれど、侍女達が去ったのを見計らって陽桜が銀の匙を渡してくれる。

——まさかお手つきになった直後に毒殺とか、ないよね？

匙を受け取ると、明鈴は粥にそれを浸した。

銀食器が毒の判別に古くから使われてきたのは、用いられた毒のほとんどが無味無臭な、ヒ素や水銀だから……。

比較的変化しやすい金属である銀は、ヒ素や硫化水銀に触れると容易に黒い硫黄化合物を表面に作り出す。

磨かれた銀に、黒い色は目立つので簡単に見分けがつくというわけだ。

前世で製薬会社の営業だった明鈴にはこのぐらいは当然の知識。

ただ、残念ながら原理がわかるだけでしかない。

フグや毒草といった自然毒を使われたら、味で判別するしかないし、現代医学の確立していない国では、中毒になっている人を治す血清や特効薬を調達する方法はない。

聞かれても、安静にして体力をなるべくつけるように、という当たり前のことしか言えないわけで……。

明鈴ができることがあるとすれば、不老不死の秘薬と信じられている『丹薬』が実際には水銀毒なので、皇帝に飲まないよう進言することぐらいだろうか。

――うん、大丈夫。

慎重に銀の匙を隅々まで見たけれど、黒ずみは見当たらなかった。

さすがに話に聞いた後宮の壮絶な噂は、尾ひれがついた内容に違いない。意外に皆で仲良くやっているのかもしれない。

「毒は入っていないみたい。陽桜は心配しすぎ。さっ、食べよう。もう冷めてしまっているけど」

匙で持ち上げた粥は湯気を立てていない。

朝はとても冷えるので、持ってくる間に冷めてしまったのだろう。

「油断してはいけません。まずはわたくしが。お嬢様はまだお口をつけられませんように」

明鈴が口に運ぶより早く、陽桜が粥を口に入れる。

「だから、大丈夫だって――陽桜⁉」

陽桜が不思議な顔をして固まったので、明鈴は青くなった。

――まさか、銀に反応しない毒が？

「あ、お嬢様！」

粥を食べた陽桜が何も言わないので、まさか、と思って自分も一粒だけ口に含む。

自然界にある毒の強さならば、少量であれば痺れが出るだけのものが多い。もし、彼女が中毒になっていてもいち早く吐き出させて、呼吸を確保すれば、死なないはず。

陽桜を救いたい一心での行動だったのだけれど――。

「うっ、味がしない」

粥に毒など入っていなかった。それどころか、なんの味もしない。

「明鈴様！　わたくしの毒見が済む前に食べるなんて、何と無謀なことをされるのですか」

「陽桜が危ないと思ってつい……それに貴女に毒見なんてさせられないし……」

「お嬢様は皇帝の寵愛賜《たまわ》る妃嬪となられたのですよ。そのお身体の大切さを十分に自覚なさってください。もしお子を宿されていたら一大事に」

とんでもないことを陽桜が言い出し、明鈴は慌てた。

「な、ないよ！　そんなこと！」

――確かに昨日は、最後までした……わけだけど。

「とにかく、今後は絶対に私が良いと言ったあとに口をつけてください」

「わかりました。ごめんなさい」

必死の行動の結果が、陽桜のお説教と味をなくした粥だった。

「……もう、地味な嫌がらせ」

味のしない食事を運ぶなんて、食材に失礼だ。

――でも、後宮争いが始まったんだ。

他人事《ひと》のように、明鈴はそう思った。もともと物事をあまり深刻に捉えない質《たち》だが、今回ばかりは露骨にわかる。宣戦布告なのだろう。

「様子見といったところなのでしょう。やはり後宮から用意された侍女の中に、他の妃嬪の息がかかった者が紛れ込んでいたようです。申し訳ございません」

朝餉を運ぶのは、侍女達の役目だ。途中ですり替えるなりしたのだろう。

「なるべくわたくしがお世話いたしますので、明鈴様もお気を緩めないようにしてください」

「お願い」

頷きつつも、まあこの程度なら大丈夫そうだと思う。

毒を盛るようなことがあれば、指示した妃嬪側の地位も危なくなるわけで、そう危険なことは相手もできないはずだ。

ただ、虐《いじ》めは段階的に激しくなることがあるので、放っておくのは危険かもしれない。

「厨房付きのお房間で助かりました。すぐにわたくしが何かお作りいたします。食材はすでに届いているはずですので」

「これも食べられなくはないから別にいいのに」

陽桜は侍女としての自尊心が許さないようで、そそくさと席から立ち上がると味のしない朝餉を卓ごと持って、奥の厨房へと向かう。

だが、すぐに「ひっ！」と悲鳴が聞こえてきて、明鈴も彼女のもとへ急いだ。

「お下がりください、お嬢様。すぐに片付けますので！」

「わぁ……………あ、うん…………大丈夫」

厨房には昨日にはなかったものが、天井から吊り下げられていた。

首を折られた鶏の死骸が数羽。壁と床にしたたる鶏らしき血。

普通に後宮へ入れるような由緒ある家の娘ならば、驚いて気絶するところかもしれない。しかし、商家に生まれ、甘やかされつつも、自らも菓子職人として腕を振るう明鈴は違った。食事の支度ぐらい軽くやってのける。

もちろん、驚いたけれど、もっと恐いことも恐ろしい虐めも知っている。

「私こういうの平気だから。鶏ぐらい捌《さば》いたこともあるし」

大丈夫、大丈夫と陽桜に手を振り、吊るされた鶏に近づいて確認する。

――吊るされているせいで血抜きはされているし、鶏自体も良いものみたい。

病気持ちや、痩せた質の悪い鶏ではないかと心配したのだけれど、問題なさそう。逆に美味しそうなぐらいの食材だ。

「きちんと食べられそう。これで朝餉作ろう。私も手伝うし」

「お嬢様、支度はわたくしの役目でございます」

陽桜は引かなかったけれど、今回は押し切ることにした。

「いいの。どうせ後宮ですることないし、他の侍女が使えないなら準備もかかるだろうから、手伝います」

「申し訳ありません」

一人だとかなり手間取るのは本当のことなので、陽桜がやっと折れた。

「では、陽桜はまず鶏を下ろしてあげてくれる?」

「畏《かしこ》まりました、お嬢様」

こんな時でも陽桜は恭しく頭を下げると、台になるものを探してきて、天井の梁《はり》に吊るされた紐を切っていく。

それを受け取ると、さっそく明鈴は鶏を切り分け始めた。

「献立は……朝餉だから鶏の粥は外せないでしょう。あとは、新鮮そうだし普通に焼いても美味しそう。蒸して裂いたら付け合わせにもなるし。これだけあると二人で食べられないから……残りは燻製にしておけばいいか」

手際よく、二人で吊るされた鶏を朝餉と、夕餉と、燻製の保存食にしていく。

こうして、嫌がらせは明鈴にはたいした痛手にもならず、美味しくいただくことができた。

だいぶかかったけれど、朝餉を食べ終え、やっと一息ついてから、これからのことを明鈴は陽桜と話し合うことにした。

「何にせよ、逃げるのはもう止めます」

明鈴の言葉に、陽桜がそのとおりです、とばかりに深く頷く。

後宮内は皇帝が無防備になる場所であり、後継者を産む后もいる。警護が厳重になるのは当然のことだ。なんの手引きもない、宦官との繋がりもない明鈴が逃げるのは冷静になってみると不可能に近いはず。

あの時はとりあえず逃げなくては、と思ったのだけれど。

「退路が断たれたのなら、ここ後宮で戦って上りつめ、自由を勝ち取るしかないという結論に達しました」

「その意気です、お嬢様。微力ながら、わたくしも協力いたします」

陽桜がうんうんと頷きながら、盛り上げてくれる。

「まず、相手と自分の周りの状況を知ること。房間から出て、他の妃嬪と話をして色々聞こうと思うの」

「さすがわたくしのお嬢様。兵法の基本まで知っておられるとは。すぐお支度をいたします」

――兵法ではなく、営業の基本なんだけどね。

情報収集は基本中の基本。特に対面して、世間話などから得られる情報、表情からわかるその人の考えは、最重要。

明鈴の考えた後宮に上りつめる方法はこうだ。

後宮で一番とはなにか？

後宮の妃嬪には独自の序列があり、皇太后という位が一番上に当たるけれど、それを賜《たまわ》るにはかなりの手回しと時間が必要のはず。とても待てない。

だったら、明鈴が後宮で一番だと琥燈に認めさせればいい。

後宮には、きっと幾つかの派閥があるだろうから、自分がその最大勢力の一番となれば、彼も認めざるを得ないだろう。

そのためにも、まずは周りの妃嬪達と交友を深めて、認められなければ。

身支度を済ませると、明鈴は陽桜を連れて庭へと出た。

小道を歩き、大きな池の中にある四阿《あずまや》が見えてきたところで、明鈴は大勢の妃嬪に囲まれた。

「おはようございます、明鈴妃」

「ご機嫌いかが?」

「……おはよう、ございます」

次々と鳥のおしゃべりのような声がかかり、圧倒されてしまう。

――後宮の女の人……朝から、綺麗……。

――妃嬪の誰かと対面しようと思ったから、好都合……なのだけれど。

一度に話せる人数ではない。様子からすると三人の身分ある有力な妃嬪と、その取り巻きや侍女のようだ。合計で十八人もいる。

誰と話せばいいのかわからなくて、明鈴は三人の妃嬪を中心にして挨拶をした。

「おはようございます。鄧《とう》明鈴と申します」

後ろで陽桜がやや下がり、さらに深いお辞儀をしたのが砂利を踏む音でわかる。

明鈴の勘は当たっていたようで、中央にいた三人の妃嬪が話しかけてきた。

「蝶華《ちょうか》ですわ。陛下の寵愛を受けた明鈴妃に、まずはお祝い申し上げます」

「……は、はい。ありがとうございま……」

礼を言う声が上ずったのは、寵愛という言葉が恥ずかしかったからとか、望まないことだったからではない。

お祝い……と言いながら、蝶華の顔は厳しく、恐ろしい形相をしていたから。

睫毛は長く、眉はきりりと細く吊り上がっている。

威圧的な表情、瞳は憎い敵を見る目だった。唯一笑みを浮かべている真っ赤な紅の唇から赤い舌がちらちらと覗く。薔薇の耳飾りが気だるげに揺れていた。

天へ昇る龍のように高く結い上げた赤みを帯びた髪に、紅梅色《こうばいいろ》の上襦。

披帛には色とりどりの蝶の群れの絵が、蜜を求めて乱れ舞うように描かれている。

言葉を失った明鈴と蝶華の間に、別の妃嬪が割り込んできた。

「ほらっ、ほら！　蝶華妃、そんなに意地悪く睨んだら逃げられてしまいますわ。わらわは春彩《しゅんさい》。明鈴妃、後宮の朝餉は美味しかったですか？」

春彩と名乗った可愛い声を持つ妃嬪は明鈴よりも背が低かった。取り成してくれたのかと安堵する間に、きわどいことを言ってのけた。

――――朝餉の味？　薄味どころか、味がしなかったのはこの子のせい？

勘ぐってみても、春彩の無邪気な顔が明鈴へ、にこにこと向けられるだけ。

彼女の襦裙は山吹色で、純白に粒が完璧に揃った真珠が袖までびっしりとついた披帛を纏っている。

首元を飾る二連の首飾りも、淡桃色の真珠だった。

柔らかく波打つ春彩の亜麻色の髪は、上部分だけが結われていて、他は肩から背中にかけて、披帛の上をふわふわと流れていた。

「お、美味しかったですよ？　薄味で身体に良さそうでした」

明鈴もつられて満面の笑みで答えてしまう。

「わたしは蒼花《そうか》……朝から庭へ顔を出すなんて、鶏の血では、足りなかった……」

銀の髪を結い上げた蒼い襦裙の妃嬪が呟《つぶや》いた声が耳へ届き、呪いの文言を口にするような怖さにぎくりとした。

――鶏の血、掃除大変だったんだから。綺麗な顔してどぎついことを……。

びくびくしながら引きつった顔で返す。

「……初めまして蒼花様、あ、あの……差し入れ美味しかったです」

「そう……」

微《かす》かに蒼花が頷《うなず》き、彼女の髪に留まっている銀の冠飾りが音を立てる。首を下げた拍子に風を含んで広がった披帛には、銀糸で刺繍された水仙が咲き誇っていた。

よく見ると音を立てていたのは冠飾りだけではなく、手首に五連ほどはめた銀細工の様々な太さの腕輪《ブレスレット》である。

「……次は、豚がいいかしら……」

「もう、十分ごちそうになりましたから、結構です」

明鈴は丁重にお断りした。

――一筋縄ではいかない妃嬪ばかりの予感がする。

自由のために戦って、上りつめるには、高い障害だ。

まずは、相手の懐に入ろうと、明鈴はへりくだって口を開いた。

「蝶華様、春彩様、蒼花様、お美しい皆様と知り合いになれましたこと、光栄に思います」

「わたくしは、馴れ合いなどいたしません」

ぴしゃりと言い放ったのは蝶華。そのまま、すたすたと四阿のほうへと渡っていってしまう。

――ああ、取り付く島もない。

「な、馴れ合いではなく。少しでもわかり合ってお話を……待っ……」

明鈴が追いかけるように足を踏み出したので、ぞろぞろと妃嬪達が続く。

「蝶華妃は気難しいから気にしなくていいのよ！　わらわは、おまえと仲良くしたいと思っているわ」

子犬が懐くように、春彩が歩を速めて明鈴の隣を歩く。

「何でも聞いていいわ。全部教えることはできないけれど、わらわの取り巻きになれば、皇太后さまにも紹介をしてあげるのです」

――皇太后様。後宮で一番権力を持つ人。

琥燈の義母に当たる後宮の主、飛びぬけた存在であることは間違いない。

会えば手っ取り早く、上りつめる手かがりがわかるかもしれない。

明鈴は歩きながら、春彩のほうへ身を乗り出していた。

「皇太后様は、どちらにいらっしゃるのですか？」

「あなたごとき……会えない。皇太后様は……芙蓉《ふよう》殿から、でない」

いつの間にか後ろに立っていた蒼花が低い声でぼそりと呟く。

「本当に何も知らない小娘ですこと」

足を止めた蝶華が眉を吊り上げて呆れたように睨《にら》みつけてくる。

すでに一行は橋を渡り、池の中の四阿へと着いていた。

行き止まりとなったその建物へは、取り巻きや侍女は遠慮して入ってこないのか、陽桜も心配そうに池のほとりから視線を送ってくる。

湖面の蓮の花を揺らしながら届く微風を受け、手すりへ凭《もた》れながら蝶華が続けた。

「はっきりとさせておきましょう。明鈴妃がわたくし達の誰に属するのか」

「属するって……取り巻きに加わるという意味ですか？」

春彩の先ほどの言葉や、蝶華の今の発言から察するに、三人は仲良しというわけではなく、それぞれ派閥を作り、競っているようだ。

「早く……決めて、皇太后様に……伝えなければ」

苛立ちのせいなのか、いっそう低くなった声音で蒼花が急かす。

属する。誰につくか――。

――返事を急かされているみたいだけど、いきなり言われても……。

そもそも属したら何をしなければいけないのか、どんないいことがあるのかわからない。

皇太后様に会えそうなことぐらい？

だったら、勢力に入らないって選択もあるのでは？　あと、皇太后様に付くとか……。

「ええと、皇太后様に属するってこともできるのですか……？」

「────」

明鈴の言葉に、場の空気が凍った。

三人が明らかな敵意の瞳を向けてくる。口火を切ったのは蝶華で────。

「寝ぼけたことを！　皇太后様は、わたくし達をまとめていらっしゃるお方です。無礼にもほどがあります」

「本当にね。おまえは見た目よりずっとお馬鹿なのだわ、戯れで寵姫になっただけの分際で、調子に乗るにもほどがあるのです……」

人懐っこい笑みが消えた春彩は、よほど怒っているのだろうか、声音が低い。

「皇太后様に取り立てていただいて……初めて伽《とぎ》の順に……加わる。明鈴妃はそれを破った」

引っかかることを蒼花が言う。

────皇太后に認められてから寵姫になるの？

三人の迫力は怖いけれど、事実関係の把握は大切なことだと思い、明鈴は質問を続けた。

「つ、つまり……皇太后様の下に、貴女達三人の妃嬪が別々に力を持っていて、さらに取り巻きと侍女がわかれて競っているということでしょうか……」

「わかったなら……早く、決めて」

「決めなさい！」

「おまえは、誰につくのかしら？」

蒼花、蝶華、春彩に凄《すご》まれる。

三人の話からして誰についても大差がないし、いいことがなさそうだと察していた。

――結局、取り巻きから始めなければいけないのよね？　だったら……。

「私は誰にも属しません！」

明鈴がきっぱりと口にすると、妃嬪達が驚いた顔で下がった。

――この三人と、皇太后様を掌握すれば、きっと後宮を上りつめたことになる！

誰かの派閥に属して一歩一歩上りつめていくよりも、自分が新たな勢力となって他の三人を取り込んでしまうほうが手っ取り早い。

我ながら名案だった。

「ふっ、ざけないで！　この娘ぇっ！」

鬼の形相をした蝶華が強い力で明鈴の肩を揺さぶる。そして、二度揺らしたあとで、衝撃を感じた。

「きゃ……っ！」

明鈴が突き飛ばされたのだと気づいたのは、手すりに腕を強くぶつけた時だった。

ぐらついた身体へ、さらに春彩が体当たりするように突っ込んでくる。

「おまえ、邪魔っ！」

春彩がぐいぐいと明鈴を手すりへ押す。

蝶華が肩を持ち、手すりに乗り上げるように促す。

「……消えてしまえ」

蒼花が容赦なく明鈴の足をすくった。

「えっ――――!?」

戸惑いの声を上げた時には、視界がぐるりと回っていて――――。

ザバンッ……。

「きゃあああっ！」

鈍い水の音が背中でしたと思うと、衝撃が背中にあった。

全身でぬめった水を感じる。明鈴の襦裙が池の濁った水を吸って、どんどん重くなる。

池に突き落とされたと気づいたのは、浅いところに一旦沈んだ身体を起こし、前髪からぼたぼたと水滴が落ちた時。

「明鈴様っ！」

陽桜がざぶざぶと泥水をかき分け、池に入ってくるのが視界の端に見えた。

春彩が四阿の上から明鈴をあざ笑う。

「あははっ、お似合いの格好ですわ！　陛下は今夜も後宮にいらっしゃって、宴で夜伽の姫を選ぶのですって！　おまえはその格好で出て、つまみ出されるといいわっ」

「そうそう、明鈴妃、宴には会いたかった皇太后様も特別に来るそうよ！　寵姫にふさわしい衣装を用意できればね」

腕組みをしたまま、蝶華が身体をくねらせる。

「………今夜は、わたしが選ばれる」

ふいっと蒼花が身を翻すと、春彩も蝶華も橋を渡って四阿から出ていった。

取り残された明鈴の手を、陽桜の温かい手が引き上げていく。

「明鈴様、離れた隙に申し訳ありません！　さあ、早く岸に上がりましょう」

「よ、陽桜。私……とんでもない失敗をしてしまったかも――」

三人を思い切り怒らせてしまった。

誰にも属さないと宣言した。

それはつまり、真っ向から戦うことを意思表示してしまったということ――。

明鈴は泥に足を取られながらも池から上がり身震いする。

「失敗などではありません、お嬢様。今夜の宴は着飾って陛下の目に留まりましょう。それが一番の仕返しです」

岸につくなり陽桜が、明鈴の襦裙の裾を悔しそうに絞り始める。

「宴……？　ああ、さっき妃嬪達が……」

池に落ちたショックで、耳を素通りしていた言葉をぼんやりと思い浮かべていく。

「先ほど、侍女と取り巻きが話しておりました。陛下が今夜、皇太后様が開く宴にいらっしゃるのは本当です。気に入った妃嬪と夜伽をするそうです。三方は推挙されるでしょうが、お嬢様が選ばれるに決まっております」

「……私、そういうことは、もう……」

池に落とされるなんて酷《ひど》いことをされたのに、反発するどころか毒気を抜かれてしまった。

必死の寵姫争い。あんなに美しい妃嬪達と寵を競う宴など、尻込みしてしまう。

それに…………。

明鈴は胸の痛みを覚えた。

――――皇帝だから当たり前のことだけど……琥燈様は、他の妃嬪と夜を過ごすんだ。

ざらりとした嫌な気持ちが湧く。

今、明鈴は三人の妃嬪達と同じ心を持っているのかもしれない。

彼女達から飛び火したのか、胸の奥から湧き出したのかわからない、重たい負の感情。

消沈した肩に、陽桜の手だけが温かかった。


池に落ちて泥だらけになってしまった明鈴は、陽桜に支えられて自分の房間へと戻ったのだけれど――――。

「これは……」

先に扉を開けて中の様子を見た陽桜が絶句している。

彼女の肩越しから見ても、房間の様子は酷かった。衝立《ついたて》は倒され、壺や卓は割られ、書は破られている。

これは鶏を吊り下げられたよりも堪《こた》えた。衝撃を受けつつ、それでも明鈴は荒らされた室内を冷静に見回した。

――何か探している？

房間の隅々まで荒らされたわけではなかった。通った範囲の手短な場所だけ、乱暴していったようだ。そして、それは他の房間へと続いている。

いつ、明鈴達が戻ってくるかわからなかったから焦っていたのかもしれないけれど……。

「あっ、まさか！　衣！」

明鈴の声で、まだ立ち尽くしたままの陽桜がはっとする。

二人で急ぎ衣装を入れた箱の置かれた間に行くと、やはり床に衣が散乱していた。

慌てて陽桜とすべての衣装を確認するも、無事なものは一つとしてない。後宮内に持ち込んだ衣装のすべてがおそらく裁縫鋏《ばさみ》で切り刻まれ、一見大丈夫そうに見える厚手の衣にも大穴が空いていたりする。

――目的は私を宴へ出させないようにするためだったんだ。

池に落としたのもその策略の一つなのだと気づく。

庭での三妃は陽動で、息のかかった明鈴の侍女の誰かが手引きしたに違いない。

これで宴に着ていく衣はなくなってしまった。着ていく物がなければ、明鈴は欠席するしかないと考えたのだろう。

「これ、お父様が買ってくれた大事な衣なのに……」

――驚かすぐらいなら許せても、これは絶対に許せない。

衣はすべて父から贈られたもの。

房間に置かれた調度品の数々は琥燈が用意してくれたもの。

房間を荒らした者や、指示した者はそれがわかっているのだろうか。人の厚意を踏みにじるなんて、最低の人がすることだ。

「申し訳ありません、お嬢様。これらはわたくしの不手際によるもの。なにとぞ、お許しください」

責任感の強い陽桜は、自分のせいだと平謝りしてくる。

明鈴は首を横に振ってそれを否定した。

「ううん、陽桜は何も悪くない。それよりも陽桜、私の侍女をここへ呼んでくれる？」

「承知いたしました。ですが、問い詰めたところで名乗り出るとはとても思えませんし、もし何か証拠があったとしてもそうそう認めるとは……」

侍女としての責任を感じて、あくまで控えめに陽桜が口にする。

「安心して。犯人捜しをするわけではないの。私の意地を敵に見せるだけ。負けないっていう気持ちを」

陽桜は明鈴の決意を感じ取ると、すぐに侍女達を呼ぶよう手配してくれた。

きっと叱られるか罰を受けると思ったのだろう。

集められた侍女達は片付けられていない房間の様子を見て、皆一様に怯《おび》えていた。

「今日、庭から帰ってくるとこうなっていたの。父からもらった大切な着物や、陛下に賜った品々が踏みにじられた」

ゆっくりと、たっぷり間を持って、侍女達の顔を見ながら言う。

こうしたほうが威圧感は増すはずだからだ。

「誰がこんなことを……すぐに片付けましょう」

一人の侍女が耐えきれずに震える声で言う。他の侍女達も賛成して、勝手に散らかった物を拾おうとする。明鈴はそれを鋭い声で制した。

「まだ片付けなくていいわ!」

虐めのようなものは、気持ちで負けないことが重要だ。

屈しなければ、いずれ相手も諦める。慌てて犯人捜しをすれば逆に思うつぼだ。

だから、明鈴は誰を叱るでもなく、挽回してみせることにした。

「みんなそこで見ていて。こんなことで私は屈したりしないから」

泥のついた襦裙を一気に脱ぎ捨て、十分に長い身体を包む肌着の上から陽桜が差し出してくれた油裙《エプロン》に身を包む。

これは前世の記憶から明鈴が衣商に特注させていたもので、菓子作りなどの時に衣が汚れないようにつけていたのだけれど、荷物の中に入っていたのが幸いした。

知らない人から見たら、座る時の敷布にでも見えたのだろう。衣と認識されず、油裙は何もされておらず無事だった。

侍女達が何をしようというのか、と驚きと恐れの視線を向けてくる中、明鈴は髪をまとめ、水瓶から柄杓《ひしゃく》で手を洗う。

「大仕事になるから、まずは腹ごしらえをしましょう」

陽桜も含めて、侍女全員が「なぜ？」という不思議な顔をする。その疑問には答えず、明鈴はせっせと一人で料理を始めた。

簡単に沢山作れるものがいいから、点心がいいだろう。生地は発酵させなくてはいけないから、皮を使わなくていい粽《ちまき》にした。

粘り気の強い餅米を洗うと、時間短縮のために水ではなく、ぬるま湯につける。

水を吸わせている間に、陽桜にいって庭から竹の葉を人数分採ってきてもらい、一緒に入れる具材を準備した。

小豆《あずき》を入れて甘くしてもいいのだけれど、これも水に浸す必要があるので却下。

今朝の鶏肉と野菜を選んで細かく刻み、醤油はないので黒豆で作られた醬《ひしお》と塩と砂糖で少し甘めに味付けする。

これらを餅米に混ぜると竹の葉に包んで紐で縛り、蒸籠《せいろ》で蒸せば、鶏粽の完成。

一歩も動けず、明鈴の様子を見守り続けていた侍女達の前には、あっという間に人数分の点心が並んでいた。

「全員、食べなさい」

命令しても、手を伸ばそうとせず、侍女達は周りの様子を窺ってばかり。きっと明鈴が怒って毒を入れてある、とでも思っているのだろう。

「早く、冷めてしまうから」

急かすと、一人の侍女が震える手で粽を摑んだ。覚悟したように他の侍女達も摑み、同時に口へと入れる。

「……お、美味しい⁉」

恐がりながら食べたので一口目の味がよくわからなかったのだろう。二口目を食べて、やっとそれが毒入りではなく、美味しいものだとわかったみたいだ。

皆、驚いた顔をしていたのが、安堵と幸せそうな顔に変わっていく。緊張していた房間の雰囲気が一気に和んだ。

彼女達の様子を見て、陽桜と明鈴も粽を口に運ぶ。

「お嬢様の料理は本当に美味しいですね。特に点心は絶品です」

「ありがとう、陽桜。店の職人によく振る舞っていたから」

鄧桃天心楼《とうおうてんしんろう》を手伝っていたとはいえ、前世に比べたら商家の娘はあまりすることがなく、父が止めるのも聞かずに明鈴は菓子や点心の研究に余念《よねん》がなかった。

形や見た目では職人の腕が勝るけれど、味では負けていない。

「ありがとう、ございます、明鈴様。こんなに美味しい粽は初めてです。でも……」

最初に手を伸ばした侍女が真っ先に感謝の言葉を告げてきた。

でも、どうして？　という言葉が顔に浮かんでいる。

「貴女達はみんな私の侍女です。他の妃の侍女ではない。だから美味しいものも共有するし、もし脅されても守るわ。だから、仲良くしてくれない？」

営業で生意気な新人が入ってきた時にする秘策。

なんてことはない、まずは美味しいものを食べさせてお腹を満たしたところで、じっくりと自分の気持ちを伝える。

空腹だと怒りっぽくなるけれど、逆に美味しいものを食べた幸福感のあとだと人は優しくなる。

加えて、美味しいものを一緒に食べたという良い思い出を共有するので、距離が縮まるというわけだ。

「私は誰かのように同じ妃嬪を貶《おとし》めるようなことはせず、これから後宮を上りつめるつもり。だから、今から本当の私の侍女となったほうが貴女達のためになると思わない？」

侍女達の良心に訴えかければいい。相手よりも自分側についたほうがいいと思わせればいい。

「もっと色々な菓子も点心も食べられますしね」

陽桜が付け加えたことで、侍女はその手に残った粽を包んでいた竹の葉を思わず見る。

ごくりと誰かの喉が鳴る。

――――よし、落ちた。

このあとは「私は先輩についていきます」が決まり文句だ。

「……わたし、明鈴様に忠誠を誓います。二度と貴女様を裏切るようなことはいたしません」

最初に粽へ手を伸ばした侍女が、明鈴に深々と頭を下げてくる。

驚いたことに彼女が犯人だったようだ。罪の意識から、真っ先に毒が入っているかもしれないものを食べようと思ったのかもしれない。

それぞれに事情があるのは百も承知。感情だってあるはず。

悪いのは侍女達ではない、それを利用しようとする人。

他の侍女達も次々と明鈴に向かって、床に額がつかんばかりに頭を下げて、忠誠を誓ってくれた。

——これで房間の中はもう大丈夫そう。

「ありがとう、みんな。他の妃嬪から何か言われたら私に相談して。きっと悪いようにはしないから」

侍女達が「ありがとうございます」と繰り返し口にし、大げさにも涙を流す。

「では、これから急いで宴に行く準備をするから手伝ってくれる?」

「ご立派です、お嬢様。しかし、着ていく衣が……」

明鈴の言葉に、陽桜が口を濁す。侍女達も顔を俯《うつむ》かせた。

「大丈夫。衣がなければ作ればいい。生地ならここに沢山あるわけだし」

散らかっている破かれた衣を見下ろして、明鈴は裁縫箱を引っ張り出し、侍女達にも針を持たせた。

花天宮《かてんきゅう》の大広間は、後宮の西にあった。

明鈴の房間とは逆の方向であるのに、庭へ出てすぐ、道標《みちしるべ》のように夜風に乗った楽器の音色が流れてくる。

一つ一つの声が聞こえるわけではないのに、吸い寄せられるような妃嬪達のざわめきと色香が漂ってきていた。

迷うはずもなく、灯りで燃え上がるように煌々《こうこう》と照らされたその場所が目に飛び込んでくる。

扉はすべて開け放たれ、入りきらない取り巻きや侍女が庭にまで出てきていた。

遅れてやってきた明鈴と陽桜のことなど誰も気にも留めない。

中の光景に夢中になって見入っていたから――。

明鈴も建物へ近づき、中の様子を窺い見た。

百席ほどの妃嬪の座には、着飾った女達が美しさを競うように犇《ひし》めいている。

十を超す巨大な吊灯が彼女達の顔を照らし、連なる小卓に溢れかえる料理を艶やかに照らしていた。

たっぷりの香辛料で一尾の巨大な魚を二種類の味にした宮廷奉魚《きゅうていほうぎょ》は、頭と尾にパリパリの皮が付き、魚の形を留めていて、中央に味付けされた白身が盛り上がっている。

揚げ麺の上に、格子のように蜜がかかった龍の髭《ひげ》と言われる細麵。鮑《あわび》と貝柱の炒め物は、色とりどりの豆で彩られていた。

鶏を一羽姿のまま焼き、さらに五種類の野菜でその羽ばたきを描いた大皿。

小卓は大広間の中央を広く開けて道のように並んでいて、その向こうには橋が架かるような艶木の装飾を経て一段上がったところに三人の妃嬪の座があった。

遠目にも、そこにいるのが今朝会ったばかりの、蝶華、春彩、蒼花だとわかる。

さらに高く一段上がったところに豪華な二脚の椅子が広間を見わたせる、下に道を作る小卓とは垂直になる向きに並んでいる。

「陛下……」

明鈴はドキリと心臓を摑まれた思いになった。

壇上の片方には琥燈が座っていた。藍色の長衣に、鳳戯牡丹《ほうぎぼたん》の外衣。帯は銀色で蒼玉《そうぎょく》の連なる飾り紐を重ねている。

細かな表情はわからなかったけれど、笑ってはいないみたいだ。

しかし、彼にばかり気を取られているわけにはいかない。明鈴が宴に出た目的。

残された琥燈の横の席には、誰が座っているのか確信できる。

皇太后様――――。

居住である芙蓉殿から出ないのであれば、なおのこと、会える今夜を逃すわけにはいかなかった。

会えない相手を掌握はできない。その策すら立てられない。

後宮を……三人の有力な妃嬪を牛耳る皇太后と顔を合わせるのが先決だった。

蝶華、春彩、蒼花も豪奢な衣を身に着けていたが、彼女達を添えられた名もなき花のようにして、上の段の椅子に座る皇太后は、恐ろしさを覚えるほどに美しく妖艶だった。

豊満な胸元を開けて着た、麒麟火珠《きりんかじゅ》の模様がびっしりと縫い込まれた背子《はいし》。纏う蹙金《しゅくきん》の披子《ひし》がギラギラと輝いている。

女傑を思わせる鋭い眼光の瞼と、唇は品紅色《ふくしん》で彩られていた。

結い上げた縹色《はなだいろ》の髪に、金の釵子《さいし》が天から差す光のように輝いている。それには大粒の宝石がはめこまれていて、同じ色の石が数珠のように垂れ下がっていた。

皇太后もまた笑ってはいない様子である。

口を開いているのは皇太后を取り巻く三人の妃嬪と、小卓の間の道で歌う妃嬪。

芸を披露しているのか、歌う妃嬪の傍には、二胡《にこ》を弾く者と、横笛、叙情的《じょじょうてき》に琴を奏でる者――天女のような衣に身を包んで舞う二人の妃嬪がいた。

優しく耳に届く上等な歌声と音色、軽やかな舞なのに、皇太后は視線すら向けていない。

よく見ると、蝶華、春彩、蒼花は下の段にいる妃嬪を、交代で皇太后に紹介している様子であった。それぞれに属している取り巻きを引き合わせているのだろう。

けれど成果は思わしくない様子で、皇太后は聞き流しているのか、彼女達のほうを見向きもしない。

明鈴はその光景に冷たい不安を覚えた。

「…………」

――引き合わせすらしてもらえない私が入っていっても、無視されてしまうかもしれない。

それでも……と、明鈴は小さく頷いた。

目を合わせなければ、始まらない。

ちょうど、妃嬪の芸の披露が終わり、大広間の道が開いた。

宴にふさわしい衣装は用意できた。皇太后が目を見張るほどの……。

きっと、気に留めてくれる。

「――」

明鈴は片手の合図だけで陽桜を庭で待っているように制して、足を踏み出す。

背筋をぐいと伸ばして、一歩、また一歩と大広間へ歩き出していく。

一世一代の舞台だ。

衣に負けたら、すべてが台無し――。

きりっと顔を上げて、下衣の裾を持ち上げた。ふわふわとしたそれは、およそこの世界では見ることができないドレスだった。侍女と陽桜、もちろん明鈴も針を奮って制作したもの。

ビリビリに引き裂かれても、最高級の布は色褪せない。

大穴が空いた厚手の布は、対襟《たいきん》の形に首元を詰めて、穴の部分を龍のくり抜きの胴衣にした。

龍からは肌が見え、明鈴の美丘がちらりと見えている。

飾り紐に千切れた首飾りの玉を通した襟留め。

腰には裂かれた襦裙で作った、柔らかい牡丹の花が桃色、水色、黄色と咲く。

スカート部分は、美しい衣の無事だった部分を幾重にも重ねたパニエが広がっていた。

足首を見せない襦裙とは違い、明鈴の絹の薄い靴下で覆われた足は膝下が見えていて、パニエを片方だけ持って広げて歩いているから、その場所から空気が入ってくる。

この世界の露出ゼロの格好には、物申したかったからちょうどいい。

歩くたびに揺れる披帛代わりのショールは、布を束ねて紐にして緩く編み、銀糸でフリンジをつけた先に七宝の玉がついている。

髪は上部が編み込まれて、花や簪《かんざし》が挿さり、頬に落ちる三つ編みと、背中に広がる漆黒の均衡は、陽桜と侍女達の力作だった。

恥ずかしがったら、負け。

明鈴の存在に気づいた妃嬪達が、次々とどよめきの声を上げていく。

「えっ、なに……芸の続き?」

「違うわ、明鈴妃よ……ほら、陛下のお手が付いた豪商の……」

あからさまに嫌な視線も絡みつく。

「まあ……!　ふふっ、小娘ね」

「くすくす……小物が気を引こうと必死みたい――」

悪意たっぷりの嘲笑も受け止め、誰に何を言われても気にしないで、ただ皇太后へと真っ直ぐに明鈴は進む。

「何よ、あの格好、はしたないにもほどがあるわ」

「……でも、綺麗――――」

多くの目が明鈴を値踏みしていく。

小卓の妃嬪達の前を通り過ぎて、ぽかんとしている蝶華、春彩、蒼花の視界を通り過ぎる。

皇太后に明鈴が近づくと、釵子が動き、顎が持ち上がるのがわかった。

正面の高貴な方――――皇太后がついに顔を上げて明鈴を見たのだ。

「ほう……？」

皇太后の片眉がぴくりと上がる。鋭い視線をたっぷりと受け止めてから、明鈴は膝を突き、パニエの裾を優雅に広げて挨拶をした。

「皇太后様には、お初にお目にかかります。鄧明鈴と申します」

「聞いたばかりの名だ。そなたが、寵姫となった者か？　顔をよく見せるといい」

明鈴はゆっくりと顔を上げて皇太后を見た。一旦舞台に上がってしまったせいか、不思議なことにもう怖さも、怯えもない。

「なるほど、美しい目をしている。大胆な割には、純粋で苦労を知らぬ顔じゃな」

――――確かに、転生してからはあまり苦労をしていないかも。

皇太后に心の深いところを見抜かれてしまったみたいで、ぎくりとする。

「明鈴妃か、覚えたぞ。手折られたことのない箱入り娘にも、食えぬとんだ策士にも見える、不可思議な娘じゃ」

――やった！　とりあえず、覚えてもらえた。

明鈴が胸を撫で下ろすと、皇太后の隣から笑い声が聞こえてくる。

「ははっ！　策士などとは、とんでもない。ただの気まぐれで抱いた小娘です」

耳を疑った――声の主は、琥燈だった。

「……っ！」

――どうしてっ。

――どうして、そんなことを……。


〝ただの気まぐれで抱いた小娘〟

琥燈の言葉が大きな棘《とげ》になって明鈴を貫いているみたいだ。苦しくて息ができない。

――再会を喜んでくれたんじゃ……。

琥燈を見ると、もう彼は明鈴へ顔を向けていなかった。

作ったような笑みを皇太后へ向けている。

「あっ……」

やっと、喉の奥から掠れた声が出た。

目の前にいる皇帝は誰……？

変わらぬ不意打ちで明鈴を翻弄した彼はどこにいるの？

冷たい横顔が信じられない。

大人になった本当の彼を明鈴が知らないだけ――。

初恋で片恋は嘘？

気まぐれに抱くための方便？

「さあさあ、今宵、皇帝の目に留まる妃嬪はどの娘であろう？　琥燈よ、気に入った娘を早く選べ」

「お戯れを。義母上が薦める姫を蹴って他の名を口にできましょうか」

蝶華、春彩、蒼花、三人の姫へ琥燈が目をやる。

「つまらぬことを言う、名乗り出る娘はおらぬのかえ？」

皇太后の発言を真に受けて、好機とばかりに琥燈へ、しなを作った視線を向けた妃嬪が幾人か色めきだつ。

「わたくしが……」

「――私が！」

ギロッと皇太后の瞳が見開かれ、集まった視線を逃さず、残らず、順に睨みつけていく。鋭い眼光。

声を上げた妃嬪が「ひっ！」と悲鳴を上げる。

「身の程を知らぬ、後宮にふさわしくない娘が五人ほどいるようであるなぁ。ご苦労であった、出ていくがいい」

流れるような所作で皇太后が手を上げると、三人の姫が身振りや手ぶりで周りの妃嬪を動かし、声を上げたり琥燈へ視線を送った五人全員が、有無を言わさず宴の外へ連れ出されていく。

「わたくしは、蝶華さまに皇太后さまに紹介していただける予定の――――きゃああっ！」

「ちょ、ちょっと、これぐらいで……嫌っ……！　は、離してっ！」

切羽詰まった妃嬪の悲鳴は、宴からの退出だけでなく、後宮からの追放を意味していた。

「さあて、身の程知らずがいたようだが、消えたようじゃ。はっ、うるさくてかなわぬ」

この場を支配しているのが皇太后だとありありとわかる図だった。

一歩間違えば、明鈴もこうなっていたのだ。

気まぐれで退出を促されないだけ……。

「琥燈よ、夜伽の相手は決まったか？　ふさわしい姫を選ぶがいい、今夜は誰を所望じゃ？」

「急かさないでください、皇太后。今吟味しております」

琥燈は明鈴には目もくれず、三人の姫を明鈴の知らない感情のない目で、順に眺めていく。

――思いあがっていたのは、私……？

琥燈は明鈴を見ない。

――他の妃嬪を今夜選ぶのに都合が悪いから遠さげるの？

蒼白になった明鈴の顔色を見て、皇太后が可笑しそうに唇を歪めた。

「ふふっ、明鈴妃が泣きそうであるぞ。我が義理の息子は、女泣かせじゃな。手のものの迫真の演技であるなら見物であるが、ほほほっ！　ありえぬか、ふふっ……」

皇太后の笑い声が甲高くなり収まっていくのが、どこか遠くで聞こえた気がする。

意気揚々としていた気持ちが沈み、視界が暗くなっていく。

じわりと熱くなる目元に力を入れて、涙を零《こぼ》さないようにするのがやっとだった。

我に返ったのか、蝶華が明鈴の腕を引き、大広間の隅へと連れていく。

「勝手なことをしないでくださる⁉　でもまあ、やっと立場がわかったみたいでよかったわ」

入ってきたところが末席近くだったので、連れられたところは蝶華達、妃嬪達と並ぶ奥の隅で、そんなに皇太后までは遠くない。

けれど、明鈴はもう立ち上がることはできなかった。

明鈴のために空いた卓には手つかずの料理が並び、酒器が置かれて誰かが酒を注いでいく。

料理にも酒にも手を付ける気になれず、戻っていく蝶華の背をぼんやりと見送る。

――どうして私、こんなに傷ついているのだろう。

柔らかく優しく、真綿に包《くる》まれて育ってきたせいで麻痺していたけれど、今身体を貫く感情は悲しみだった。

この身体で受け止められるのか、裂けてしまわないか、と心配になるぐらいの気持ち。

琥燈の一言で、こちらを見ない視線で、ここまで揺さぶられるなんて思いもしなかった。

嘘つき！　と、琥燈を責めたい醜い心の声と……。

そのとおりだ！　と、自分に言い聞かせる心の声。

さっきまでなかった恋愛の感情が、突然湧き起こって、戸惑いを隠せない。

唖然としている視界には、容赦なく蝶華、春彩、蒼花の三人の妃嬪がひらひらと映り、先ほどより陽気に打ち解け、言葉をかわしている皇太后と琥燈の姿。

壁などないのに、とても遠い……。

琥燈は今夜、三人のうちの誰かと夜を共にするのだろうか。

皇帝だから当然のことだと自分に言い聞かせるほどに、醜い感情が起こってしまう。

そんな心がひどく疎ましい。嫌がらせをした妃嬪と何ら変わりがないとまで思えた。

付け焼き刃で立ち向かったのが間違っていたのかもしれない。

「いい気味ね……ふふっ、素敵な衣にはもっと赤い紅が似合うわ」

どれぐらいぼうっとしていたのか、言葉をかけられて明鈴が正気に戻ると、小卓を挟んで腰を突き出すようにして身を屈めてくる蝶華に顎をくいっと持ち上げられる。

隅へ押しやるだけでは飽き足らず、再び干渉をしてくるのだろうか。

彼女は細い筆を持っていて、明鈴の顎を持った手には貝殻を合わせた入れ物を持っていた。

貝殻細工の小箱は紅を入れる化粧道具で、ずらして見える中身には真っ赤な液体が見える。

すでに筆には含んでいるのか、その先が赤く染まり、明鈴の唇をなぞっていく。

「っ……あっ」

唇が冷たい。こんなに強い色の紅など塗ったことがない。

蝶華の手により、寵を競うものに化けさせられていく気がした。嫉妬にくるう魔物へ……。

顎を引こうとすると、蝶華がひやりとした声で囁く。

「動いたら紅がはみ出してみっともない顔になるわよ――」

鏡を見ないで化粧を施されるのは怖い。陽桜がしてくれる薄化粧は怖いと意識したことがないのに、皇帝の視界に入っているからだろうか。

――嫌だ、こんなの……自意識……過剰だ。

「……！」

明鈴はされるがままに、蝶華がたっぷりの紅を引き、離れるのを待つしかなかった。

「ふふっ、できあがりよ。鮮やかな死に化粧にふさわしいわ」

気にする必要などないのに、変な顔にされていたらどうしようと思う。

不安になって姿勢を正した蝶華を見上げると、その背後に琥燈がいた。

「えっ……」

「なっ！　陛下っ！」

琥燈が蝶華の手をねじりあげ、筆と貝殻細工の小箱を取り上げる。

そして、彼女を押しのけると明鈴の肩を摑んで引き起こした。

「やっ！　なっ……！」

――似合ってないって、わざわざ言いに来たの！

――もう、これ以上、辱《はずかし》めないで……。

「その紅はお前に似合わない、みっともない顔をすぐに何とかしてやる」

身体をよじって抵抗を見せた明鈴を琥燈が乱暴に抱き寄せ、その唇をあっという間に明鈴の紅に口付ける。

足元の小卓が飛び、酒器が割れる音が響く。

「んぅ――――！」

――さっき、突き放したくせに……戯れだって言ったのに。

こんな大勢の妃嬪の前で、キスするなんて……！

みっともない顔……なんて……！

一瞬だけ反射的に目を閉じてから、見開いた明鈴の瞳は、妃嬪達の好奇心に満ちた視線をたっぷりと浴びていた。

気色ばむ者、歓声を上げる者、冷ややかに見つめる者。

晒された者への激しい視線、視線、視線……。

「や、め……っ、んぅ……」

見世物を見るような嘲笑のざわめき。

――どうして……。

制止の声を上げた明鈴にかまわず、琥燈は舌を出して明鈴の唇をねっとりとなぞっていくキスを続ける。

「私のこと……なん、んんぅ……！」

――戯れだったのに、今さらっ、なんで……？　蝶華様と示し合わせているの？　それとも、辱めて笑うの？

腹が立つのに、恥ずかしくて、苦しくて、混乱する。

——いや、なのに……。

琥燈の舌は執拗で、明鈴を蹂躙《じゅうりん》するように従わせてきた。

——い……や……！

拒絶して、叫んで、考えなければいけないのに、そのすべての邪魔を彼がする。

「まぁ、はしたない！　新入りは思いもよらない方法で気を引くのがお上手だこと！」

「きっと寝所でも、あのようなものにしかできない技をお持ちなのね……！」

今度ははっきりと妃嬪達から、嘲《あざけ》りと非難の声が聞こえてきて、皇太后が高らかに笑った。

「ほほほっ！　戯れがすぎますぞ。余興にはぴったりのようじゃがな」

悪意の声が、宴に渦巻く。

唇が焼けそうだった。

羞恥に突き落とされ、視線に晒されて……おかしくなってしまいそうだ。

蝶華が紅を明鈴の唇より広く、おかしく引いていたのかもしれない、けれど琥燈に舐め回されたら、辺りに広がって、今はもっとすごい顔になっていることだろう。

——ひどい、こんな……。

琥燈がどうしてこんなことをするのかわからない。

——私は……余興、なの……？

ただ、はっきりとわかるのは、皆が明鈴を笑い者にしている視線だった。

「や……うっ……うぅ……」

やっと琥燈の唇が離れて、腕から逃れることができた。

泣くまいと我慢していたのに、涙が頬を伝う……それを絶対に見られたくなくて、明鈴は大広間から飛び出す。

背後から聞こえてくる妃嬪達のどよめきに押されて、声から逃げるように、走る――走る。

そして、庭の水場まで来ると、木の桶《おけ》を井戸から引き揚げて水で口をすすいだ。

何度もすすいで、もう一度水を汲《く》み、頬も目も水で洗う。

途中、何度か明鈴は咳き込んでしまった。悲しみから来るものなのか、唇が震えていて、とても冷たい。

水を被った情けない顔へ手巾が差し出され、見ると陽桜が立っていた。

「陽桜……」

彼女の顔も蒼白で、すぐに明鈴の背に手を置き、さすってくる。

慰めてくれる様子であり、その心地に安堵するも、陽桜の声は予断を許さない響きを含んでいた。

「お嬢様！　毒を盛られたのですかっ！　すぐに、全部吐き出してくださいっ」

「えっ……？　私、毒なんて――」

外で見ていた陽桜からは、そう……見えたの？

「違いましたか……ああよかった、ご無事で……」

勘違いに胸を撫で下ろしている陽桜の声が頭の後ろでした。本当に勘違い？

揺らいで混乱していた感情の焦点が合うように、思考が戻ってくる。

毒――――？

料理にも酒にも手を付けなかった。

蝶華が塗った真っ赤な紅だけ……。

まさか――――！

「あ、あれは……陛下が………」

紅に毒が入っていて、彼がキスでかばってぬぐい取ってくれたのだとしたら……。

毒を飲んでしまったのは琥燈だ！

突然あんなことをされた、つじつまが合う。

「わ、私は大丈夫……今、口をすすいだし……へ、陛下がっ」

明鈴は、はっとして大広間へ取って返した。

さすがに入ることは躊躇《ためら》われ、覗いただけだったけれど――――。

宴は何事もなかったかのように続いていた。皇帝が倒れてしまっていたら、もっと混乱しているだろう。

「………」

明鈴は琥燈の席を見た。そこには誰も座っていなくて、鳳戯牡丹の外衣姿はどこを探しても見つからない。

何か変わりは……と、さらに見回したところで、皇太后の傍に、春彩と蒼花しかいないことに気づいてしまう。

「あっ……」

情けない呻《うめ》き声がもれてしまい、慌てて手で口を塞いだ。

蝶華が、いない――。

気づかなければよかった。

毒は、陽桜と明鈴の気のせい……。

皇帝は蝶華を選び、寝所へ行ってしまったのだ。

「房間へ戻ろう、陽桜」

明鈴は最後の気力を振り絞って気丈に振る舞い、東の房間へと歩き出した。


房間へ戻り、侍女に総出で迎えられる。

彼女達を解散させるまで、気を張らならなければいけないと思っていると、誰もいないはずの厨房から音がした。

ちょうど陽桜は、侍女が宴の間に縫った明鈴の夜着の確認をしているところで、気づいていないみたいだ。

「…………」

――今これ以上、侍女の裏切りにはかまっていられない……。

昼間みたいに、言い聞かせる余裕なんてこれっぽっちもなかった。

明鈴は重たい気持ちで厨房へ続く仕切りを、用心しながら押す。

そこで信じられないものを見た。

乱れた鳳戯牡丹の外衣が音をたて、琥燈が貯蔵棚に背を預けながら座り込んでいる。

「へ、陛下………？」

唖然とした、戸惑いの声が出た。

「邪魔をしているぞ」

「ど、どうして……蝶華姫と……寝所に行ったのでは――」

声が、震える。

詰問しそうになってしまい、声から慌てて力を抜く。

「お前以外の女などいらん。初恋で片恋を、信じてくれないのか？」

「だ、だけど……戯れって……みっともない顔って……」

昨日の琥燈に戻ってくれた、と安堵したら、情けない、つまらない文句が零れてしまう。

「皇太后に明鈴が俺の手の者だと思われたくなかった。策士だと疑われていたからな」

――確かに……挨拶の時に、そんなことを言われたかもしれない。

「こ、後宮に……皇太后と、三人の姫だけじゃなくて……陛下の派閥もあるの？　そんなの覚えきれなくて、わからないです……っ。だいだい、もう敵対視されているから、今さら……心配無用なのに……」

「芝居とはいえ、酷いことを言って悪かった。口紅も……似合っていないわけではなかった、大人びたお前が……っく！」

琥燈が咳き込む。

様子がおかしい……そもそも、どうして厨房に座り込んでなんか――。

「毒っ！」

明鈴は声を上げげた。

「騒ぐな、もう大丈夫だ。慣らしてあるから……あれぐらいでは問題ない。俺のことよりお前はもっと用心しろ」

「大丈夫って……」

その判断の基準が、明鈴にはわからない。

皇族は毒を慣らすと聞いているが、それがどの程度なのかも――。

明鈴を落ち着かせるように琥燈が続ける。

「もとより紅で薄まった毒だ。飲んでいないし、舌からもたいした量は摂取していない、もう呼吸は戻った」

「ごめんなさい……私を助けてくれたのに、ひどい誤解をしてしまって……」

皇太后の前での言葉は、明鈴を守るため。

大勢の前でキスをしたのも、毒入りの紅をふき取るため。

「誤解？　ああ、お前……怒っていると思ったら、妬《や》いてくれているのか」

「違っ……！」

声を上げると、それを聞きつけた陽桜が厨房へ顔を出す。

「お嬢様、どうされ………あっ！」

琥燈の姿を見て、彼女が息を呑む。

「今夜の伽も、俺は明鈴とする――未来永劫《みらいえいごう》。だから、他の者を寄せてくれるな」

――未来永劫。

きっぱりと琥燈が言い放ち、陽桜が頭を下げて厨房から出ていく。

そして、侍女達を追い払う声が聞こえてきて、誰の気配もなくなった。

「……未来永劫って……嘘をついたら、陽桜はすごく怖いよ……」

嬉しかったけれど、あとで彼女を宥《なだ》めなければいけないと考えながら目を伏せる。

「お前はまだ誤解をしている。俺は後宮へ来るのは初めてだし、これからも他の女は選ばない。いい加減、己の魅力に気づいてくれ」

「えっ……初めて……え――」

勝手に疑って、妬いて……なんてみっともない一日だったんだろう。

一人でから回りして、琥燈にもひどいことを思ったりして。

明鈴は、膝からへなへなと崩れ落ちた。

「何があっても信じろ。俺はお前を愛する」

「…………はい」

強く頷く。

悲しんだせいなのか、前よりずっと彼の存在が心にはっきり現れた。

この強くて賢い皇帝は、本気で一途なのだ。

もったいなくて、くすぐったい……。

まだ呼吸が完全に戻らないのか、しゃべりすぎたのか、琥燈が小さく咳をする。

「……っ！　やっぱり何か滋養のあるものか薬湯を――なんの毒だったかわかりますか？」

明鈴が尋ねると穏やかではない答えが返ってくる。

「附子《ぶす》の毒だ」

「はっ⁉」

――附子ってトリカブト！　猛毒だ。

ありったけの知識を動員して思い出す。

附子は呼吸困難や臓器不全などをあっという間に起こすが、生命の危機が過ぎ去り落ち着いたのなら、もうこの場では対処法しかない。

まだ苦しそう……。

「お前こそ、飲んでいないだろうな」

「う、うん……琥燈がとってくれたし、すぐ口をすすいだし……」

むきになって腹立ちまじりに沢山口をすすがせることも、琥燈の計算だったのだろうか。皇太后へ向けた明鈴の立場も、からかうことで琥燈が守ったように見せなくした？

これ以上考えていても、琥燈がよくなるわけではない。

今は、浄化機能や代謝を高めるもの……。

明鈴が厨房の棚を見ると、目当ての壺はなく、視線で探すとそれは琥燈の足元にあった。

彼が用意してくれた食材の中には、身体に良いとされているものが多くある。

琥燈が、乾燥させた黒豆を齧《かじ》っていた。

「ここへ来れば、薬師を呼ぶより早く横になれるし薬もある」

薬って、黒豆は確かに浄化機能があるけれど――。

「そのまま齧ったって、お腹を壊すだけです。もう、今薬湯にするから待ってて」

明鈴は琥燈の近くにあった壺を奪うと、厨房の火をつけて土瓶で黒豆を煎じた。ついでに幾つかの滋養に効く生薬を入れて蓋をした。

「手を貸すから……し、寝台で横になったら？　厨房の床に陛下が座るなんておかしいし」

自分から寝台へ招くことにちょっと抵抗があったけれど、いつまでも変な場所で座って身体を冷やされては困る。

「今は、料理をするお前を見ているのが一番の薬だ。立てるし、歩ける。厨房にいたい」

琥燈は一旦立ち上がり、明鈴に抱きついてから持ち上げてぐるりと回した。

彼が無事なことにほっとするも、明鈴のほうがドキドキと呼吸が乱れてしまいそうだ。

「あ、危ない！　お湯を沸かしているのですよ。元気なのはわかったから、せ、せめて何かを敷いてください。もう……」

厨房にある低い椅子から、円座部分をはがして、琥燈の尻と床の間へ滑り込ませる。

――なんだか、おかしな図になってしまった。

本当に見ているだけで薬になるの？　楽しいの？　意味がわからない。

疑問に思うも、皇帝がそれがいいといって落ち着いたものを、変える気も起こらなかった。

琥燈の視線を背中に感じて手持無沙汰になり、明鈴は鶏の燻製を戻して生姜をたっぷりと入れた粥も作った。

もし、食べられるようなら少しでも摂って元気になってもらいたい。

土瓶を三十分ほど煮立たせて、薬湯ができあがり、茶こしを通して湯呑へ注いだ。

粥も皿に盛り紫蘇《しそ》を散らして、銀の匙を差す。

薬湯も粥も味見がてら毒見をした。

折り畳み式の小卓を組み立てて、琥燈の前へ置き、料理……と呼ぶには病人食のようなそれを並べる。

「…………！」

琥燈が目を輝かせてそれらを見て、沈黙した。

――どんな、反応？

「嫌いなものでもあった……？」

心配になって尋ねる。

けれど、琥燈は微動だにしない。まだ沈黙を続けている。

「無言だけど、どうしたの？　具合が悪くなったのなら、早く本殿に戻って薬師に診てもらわないと」

「――――いや、俺は感動しているだけだ。こんなにも早く、厨房に立つお前を見ることができて、挙句に手料理だ！　夢が叶った！」

彼の感激の度合いがよくわからない。

「……薬湯とお粥なんだけど…………」

心配をして損をしたかも……。

明鈴は、ぱくぱくと気持ちの良い食べっぷりの琥燈を見守った。

「お前の愛情を感じる、美味だ！」

「喉に詰まらせないでね……」

美味しそうに、上品に食べる。

こんな瞬間を前にも見た気がしたと思ったら、父の代わりに鄧桃饅頭を持ってきた時だと思い出した。

――あの時も、美味しそうに食べてくれたっけ……。

前は饅頭が嫌いだったはずなのに――――。

記憶の中に蘇った、九歳の頑固な琥燈までもが呼び起こされ、明鈴は苦笑した。

「あっ――――！」

毒に慣らされていたのは、幼少から……？

だとしたら……。

明鈴はある考えに行き着き、琥燈を見た。

すでに粥は平らげられ、薬湯を飲み干しているところで――。

「ふぅ……馳走になった。今まで食べたどんな宮廷料理より満足だったぞ」

「お、大げさだよ」

褒められすぎて照れながら、明鈴は小卓ごと片付ける。

「…………」

動きながら、浮かんだ疑問を口にしていいものか迷い、次に琥燈の前へ戻った時には腹が決まった。

五歳の時の明鈴は、すべて自分が正しく、賢いと思っていたけれど……。

違うと、認めざるを得ない。

「あの、琥燈様。幼少の折、私は陛下の都合も考えず、鄧桃饅頭を無理やり食べさせてしまったのではないでしょうか？　毒に慣らされていたということは、子供であれば甘いもので釣って毒を食べさせられたりしたのでしょう」

琥燈がびくりと反応したので、明鈴は確信した。好き嫌いのある我儘な子ではなかった。

「だから、誘拐された時に饅頭を食べなかったのですね。無理強いしてごめんなさい……」

「昔の話だ。様々な毒を、口に含んで苦みでわかるように、時には少しずつ身体に馴染ませるように取り入れて、何日も苦しみ寝込んだ日もあった」

――――やっぱり……。

彼が続ける。食事を摂り明朗さを取り戻した声が穏やかに厨房へ響く。

「あの時はなぜ、わざと毒など口にして苦しむのか意味がわからず大人を恨んだ。菓子によく毒が仕込まれていたし、元気になった褒美に菓子をもらったり、何がなんだかわからなくなっていた。だから、すべての菓子が敵だった」

皇帝になるために彼が歩んできた道を思う。

「おい！　そんなに暗い顔をするな。今はそのおかげで、多少の毒であれば命を取り留めているんだ。意味もわかり感謝している。だいたい、お前のおかげで鄧桃饅頭が食べられるようになったのだ。あれで菓子が好きになった――――あんなに美味いものがこの世にあると思わなかった」

琥燈が思い浮かべるようにして力説する。明鈴への慰めではなく、本心なのだと伝わってきて、誇らしい気持ちになる。

「あの日から、明鈴は俺の心に住み着いて離れない。いつか妻にしたいと願いながら、お前が育つまでは鄧桃饅頭を手に励んできた。手に入れたら、もう……離さないぞ」

腕を引かれたと思ったら、琥燈が立ち上がりそのまま明鈴を抱きすくめていた。

「あっ……」

「精気は戻った。夜伽を命じる」

琥燈が明鈴を抱き上げた。首の後ろから肩へ、膝の後ろから腿へと手を入れられ、ひょいと持ち上げられてしまう。

「えっ、わっ……今夜は安静にしていないと……」

抱き上げられたまま非難の声を上げたけれど、触れている彼の身体のそこかしこから感じる熱が、安静など無理な話だと伝えてくる。

「後宮へ来たからには、皇帝の大切な務めは伽だ。宴で誰かを選んで抱く流れに戻っただけ。もちろん、お前を選ぶつもりしかなかったが、拗《す》ねて出ていかれてしまったから、俺の寝所ではなく房間を訪ねた」

「うっ……」

拗ねてと言われてしまうと弱い。

それに、皇帝の務めなら――。

――他の誰かにされるぐらいなら自分がしたほうがましに思えてしまう……だって、今はちっとも苦しくない。ドキドキする。

琥燈が寝台のある房間へと明鈴を運んでいく。

そのまま押し倒されると覚悟して目を瞑るも、明鈴の一人用の寝台へどさりと寝そべったのは彼のほうで、跨《また》がるように腹の上へ乗せられてしまう。

「やっ……な――」

変な体勢……子供が親に乗って遊んでするような格好だけど……今すると恥ずかしい。

さっそく、まともに琥燈の顔が見られなくなってしまう。

「夜伽を命じると言ったはずだ。明鈴、毒を飲んで弱った俺をお前が導け」

「はっ⁉」

――――導くって……夜伽をリードするってこと？　絶対無理……！

考えただけで、頬が真っ赤になっていく。

「も、もう治ったって……」

明鈴が受け入れると思っている琥燈の悪戯な緋色の瞳。

ずるい――――わかった上で我儘を言われている。でも、憎めない。

助けてもらったのが事実だから、強く拒絶はできない。

「……ど、どうすればいいのですか………？」

恐る恐る、明鈴は彼の上から落ちないようにバランスを保ち寝台へ膝をついた。

上からちらりと見下ろす琥燈の顔は、とても整っていて、妙な色香を感じて恥ずかしくなってしまう。

――――どうしてしまったの？　私……。

「まずは、よく見せてくれ。この蠱惑的《こわくてき》な衣を……」

「あ、うっ……！」

宴の衣のままであった。琥燈が興味深そうに、ウエストラインから胴衣を上へとまさぐり、その指先が龍のくり抜きへと入ってくる。

――――こんなことされるなんて……思わなかった……あっ！

この衣装は急だったから、龍から見えてしまわない肌着などはなく、胸の裏に透けないように厚布を入れただけなので、明鈴は胴衣の下は素肌だった。

「双丘の谷間が俺を誘う。ああ、柔らかいな」

「ひゃ……んっ！」

彼の指が熱いのか、冷たいのか……衣の変な場所から入ってきた指のせいで混乱した。

手ごとは入らない龍の隙間から伸びた指先で、やわやわと揉まれているだけなのに、甘い痺れがびりっと襲ってきて、背が弓なりに反る。

この間の夜伽が勝手に思い出されて、肌が熱くなってしまう。

「へ、変なところから手を入れないでくださ……い、あっ……」

動いた拍子に、琥燈の指先が片方の敏感な尖端を捕らえてしまう。

すでに硬くなって尖ってしまった胸の先にある蕾《つぼみ》を彼の親指と人差し指が摘まんだ。

「あん……んんっ！」

――――感じてしまう……あ、あっ！

彼の身体の上でびく、びくっと身体が跳ねてしまう。

「お前の蕾をやっと見つけた。もう片方はどこだ？」

反対の手は龍の隙間から入れるのを諦めたのか、胴衣の上を手のひらでまさぐられた。

「ん、んぅ……あっ……やぁ……」

すぐに、もう片方の乳首も見つかってしまい、厚手の衣ごとぎゅうっと摘ままれる。

ざらりとした衣で擦られて、胸がさらに尖ってしまった心地になった。

恥ずかしいけれど、どうしようもない。逃げたいけれど、身体に力が入らない。

「興奮してきたか?」

「ばっ、馬鹿なこと言わないでください……っあ、んっ……」

反論すると蕾を弄られてしまう。

隙をつかれたような形になって、淫らな声がもれてしまった。

琥燈の指使いはまるで自分を弄ぶかのように、じわじわと責めてくる。

「敏感だ。俺の指が気に入ったみたいだな」

「ち、違……っ、あっ……ふぁ……」

ちりりと感じる意地悪な痛みに、痺れてしまっていることを知られたら、琥燈にされるがままになりそうで、懸命に否定する。

甘い息をもらしている明鈴を見上げたまま、琥燈が胸から手を離す。

「……っ、は……っ」

摘ままれていなくても、まだ切ないものが残ってしまっている。

じんと熱くなっていた。

――――あっ……恥ずかしい。

赤い蕾は、厚手の胴衣の上からでもくっきりわかるほどになってしまっている。琥燈からは明らかに見られてしまっているだろう。

隠そうとしたけれど、その前に彼の手が新たな場所へと伸びてくる。

「下は裙ではないな」

「ひゃっ……！」

パニエをまくりあげながら琥燈の手が腿を撫でていく。

——だ、だめっ……脱がされてしまう。

その途中で、絹の薄い靴下はずり下ろされてしまった。靴下だというのに、他人に脱がされると、とても官能的な気分にさせられてしまうのは不思議だった。

「ああ、尻に行き着いた」

「んっ、んぅ……」

彼が両手でぎゅっとお尻を摑む。

五指が食い込み、やわやわと揉まれると、むず痒く変な気持ちになってしまう。手の温かさが伝わってくるせいだろうか。

「あっ、ん……駄目……っ……」

琥燈の指が割れ目に沿って深く食い込んだかと思うと、下着をはぎ取られた。

「これは、邪魔な布だ」

「——っ……」

全部、露わになってしまう。恥ずかしい……のに。

涼しくなった秘所は、琥燈の上に乗ってしまっている。だから、彼の衣を明鈴から溢れてしまっているかもしれない蜜で汚したくなくて、膝に力を入れた。

「いいから、乗っていろ」

「あっ！」

お尻を引き寄せられ、膝の力は簡単に抜けてしまう。

琥燈の下部――先ほどよりも下の位置にどんと乗ってしまい、彼の衣越しに硬くて熱いものが当たった。

「えっ、あっ……な、に……」

「聞かなくてもわかるだろう、お前に欲情している俺自身だ」

――琥燈の……。

初めての夜に明鈴を貫いた熱杭だとわかり、明鈴は小さく悲鳴を上げる。

とても熱く、力強くて、明鈴に抵抗させる気をなくしてしまうもの。肌がまた一段と熱く火照るのを感じた。

「……っ！　し、知りません」

「お前のここは覚えているだろう？　知らないとは言わせない」

琥燈の手が明鈴の秘所へと滑ってきて、柔襞を軽々と割り、くちゅんと入ってきた。

――指が……中に……いる……。

彼の指は膣内をやわやわと擦る。甘い痺れが走った。

「うぅ……あっ！」

水音がしたことに羞恥を覚える。

――私……濡れて……。

どれぐらい蜜壺を潤わせてしまっているのだろう、意識するとますます濡れてきた気がして顔が熱くなった。

きっと、胸も足も羞恥の熱を帯びてしまっている。

琥燈のすることに、淫らな身体が反応してしまっていることに気づいて、恥ずかしくなる。

でも、どうすることもできない。

「まだ少しきついな――っ」

「ふぁぁぅ！　ふ……っ、あ……んっ」

琥燈が差し入れていた一本の指を、上下に動かす。

その刺激だけで明鈴の口から嬌声が零れていく。刺激と快感が明鈴の身体をほぐし始めた。

淫層を蜜が伝っていく感覚があった、そして彼の指へと流れていってしまう。

ぐちゅぐちゅと音を立てながら、琥燈が明鈴の秘部を指でかき混ぜていく。

――恥ずかしい……音……立てないで！

「あっ、ああっ……ふぁっ……ん、んんぅ……」

――そんな……指、増えてる……！

目をぎゅっと閉じている間に、指が二本に増えて、狭い柔襞を広げてくる。

あまりに淫らな行為に、明鈴の心は震えた。

「あっ！　ふぁ……め、駄目です……琥燈様……っ」

「慣らしておかないと痛いのはお前だ。これぐらいでいいだろう」

ちゅくっと音がして、やっと琥燈が指を抜く。ようやく刺激から解放された膣は、それでも痺れと熱を持ち続けている。

――――私の身体、淫らになってしまっている。

きっと何も知らなかった明鈴の身体を、琥燈が淫らにしてしまったのだ。

「さあ、お前が導け」

「えっ――――あっ……！」

身体を支えつつも、置き場に困っていた明鈴の手に、灼熱が当てられた。琥燈はいつの間にか自らの衣をはだけて、彼女の片方の手を肉棒に導いている。

反動で一瞬触れてしまって、その熱さに驚いて、離す。

「……な、なな、んでしょうか……これは………」

瞬間的にわかったけれど、信じ難くて尋ねてしまう。

肉茎は触れただけなのに、熱くて、太くて、凶暴にドクドク脈打っているのがわかった。

「お前が、挿《い》れろ。腰を上げて落とすだけだ」

「そ、そんなこと……い、言われても……」

こんなに大きなものが、本当に明鈴を貫いていたのだろうか。一度繋がっているので入るのはわかっているのだけれど、信じられない。

考えただけで、身体が勝手に熱さを増していく。

「……くっ！」

「えっ！　わっ、ごめんなさい……」

無意識のうちに、明鈴がぎゅっと熱杭を摑んでいたようだ。指先が回りきらないので、肉茎に指が食い込み、琥燈が切なげに呻いた。

――私なにを……して……。

「じらすな……早く、挿れろ」

放そうとするけれど、すかさず琥燈に言われてしまう。

手の中でそれはさらに角度を増して反り返っていた。躊躇している間に、さらに巨大になるかもしれない。

――言うとおりに……するしか……。

入らなくなってしまったら、琥燈に無理やりされてしまうかも。

そんな言い訳を考えながら、明鈴は真っ赤になりつつ、熱い肉杭を自分の秘所へと必死に導いた。

「うっ……で、では――っ……熱っ……無理、うっ……」

――すごく……恥ずかしい……自分で……挿れるなんて。

秘所の入り口らしき場所に当てるだけで、ぬらっと柔襞と触れ合った刺激に明鈴は耐えられず、琥燈の欲望を手放してしまった。

「――――っ」

「ひゃっ……！」

それは、明鈴の秘部にある媚肉を掠って、花芽に当たり滑っていく。

的がそれてしまったらしい。二人同時に息をもらしていた。

――掠っただけなのに……すごく……感じ……た。

胸はもう騒がしいほどに高鳴って、止まらない。

「ご、ごめ……」

「もう一度だ」

焦れるような琥燈の声に押されて、もう一度明鈴は挑戦した。

先ほどは、のんびり彼の熱杭を持ち上げようとしてしまったがゆえに、触れてびっくりして失敗したのではと思い、今度はあてがってから腰を落とそうと考えた。

ドクドクしている彼を握って、秘所を近づけ、彼の先と蜜壺が接吻するような想像をして触れ合わせる。

「……っあ！」

できると思ったけれど……。

柔襞に熱いものが当たった瞬間、明鈴はまたもや逃げ出し、彼の肉杭を放した。

けれど、今度のそれは逸れない。

「えっ、あっ、あっ……あああっ！　ふぁ……んっ、んん――――っ」

琥燈が明鈴の腰を逃がさないように摑み、腰を下から突き上げたから。

ずんっと灼熱が淫層に挿《はい》ってきて、あまりの衝撃に呼吸が止まってしまいそうになる。

「――っ、あっ……ああっ……」

ぎちぎちと半分ぐらい、灼熱を吞んだだろうか。琥燈が明鈴の手を自分の五指ときっちり交互に合わせて握ってきた。

右手も、左手も――――手をついて逃げることはできない。

――私、琥燈に下から捕まえられている。

恥ずかしい格好が、さらに指を合わせることで増していた。

「あっ……ああっ……あっ……」

琥燈の腰に乗るような形になっているので、ほんの少しどちらかが動くだけで、膣襞と肉杭が激しく擦れ合う。

火花が散るように刺激が飛んだ。

「お前が動け、俺の上で弾めばいい」

「む、無理で……あっ、あんっ！　んっ……あぁぁっ！」

拒絶の声を上げると、下から琥燈が強く突いてくる。

甘美で苦しい刺激が明鈴を貫く。

――あ、あ……突き上げられてる……刺さってる……。

自分が下にいるよりも、ずっと熱杭が刺さるのを感じる。明鈴には逃れるところが前以上になくて、心が急かされる。

「俺に突かれると激しいぞ？　もっとか？」

「や、待っ……や、やります……あぅ……」

握り合った手は、もう汗ばんでいた。

激しくされるぐらいなら、自分で動いたほうが……。

明鈴はぎこちなく、上下した。

「うぅ……あっ、ふぁ……あんっ、んぅ……」

ぎっちりと刺さったそれが、愛液で滑って上下に擦れ、強烈な快楽が襲ってくる。

ゆっくり動かしても、逃れられない。それに恥ずかしかった。

予想したよりもずっと、彼の身体の上で腰を動かすのは淫靡な気持ちになってしまう。

「なかなか上手いぞ。気持ちいい」

琥燈を見ると、悪戯な瞳で明鈴を見ていた。

「どうだ？　俺の乗り心地は？」

「……わかりません……そんなこと！」

恥ずかしくて言えるわけがない。

刺激が強くて、よくわからないけれど、本当は少し気持ちいいと思ってしまっていること。

琥燈の肉杭がゆっくりと自分の中を刺激して、快感で満たしていく。一度始めると止め方がわからなくなってしまった。

「もう少し暴れ馬のほうが好みか？」

意地悪な琥燈の問いに、頭を左右へ振る。

今動かれると、一気に達してしまうかもしれない。我慢できる自信がなかった。

しかし、彼の意地悪は強がりの表れだったようだ。

「良い光景だ、明鈴――ああ、焦れる……やはり、もう我慢できないっ」

「えっ、なっ……あぁぁぁっ！」

琥燈が、突然激しく腰を突き立て、膣奥まで肉棒がずくっと届く。明鈴の身体が浮き上がるほど強く突き上げられていた。

肉杭と膣奥の接点が、明鈴の体重もあって、強く刺さる。

「あ、あ、ああっ！　だめっ！　あ、んんっ！」

想像を遥かに上回る刺激に明鈴はくらくらした。

一突きされるたびに、せり上がってくるものがある――。

「やっ……！　へんっ、なっ！　あっ、あっ！　あああっ！」

彼の動きはどんどん狂暴になり、明鈴は追い立てられるように膣奥で達した。

頭の中で、白い火花が散る。

「あああぁ――っ……！」

刹那、琥燈が小さく呻いて明鈴の中で爆《は》ぜた。

「くっ……」

手と手がやっと離れ、彼の上へ倒れ込んだ明鈴へ琥燈が口付ける。

それは、互いに達したばかりの熱い呼吸を確かめるものだった。

――ああ、熱くて……もう……。

せり上がって止まない刺激に、明鈴は恍惚の瞳を伏せた。

※　※　※

琥燈は明鈴の熱い呼吸を唇で包むように、口づけをしていた。

――愛しい、愛しい……明鈴。

なまめかしく、けれど壊れそうに琥燈の上で乱れる明鈴は美しかった。咲き始めた色香に翻弄されて、気づけば腰を幾度も打ち付けていた。

ぎこちなかった動きが、琥燈に踊らされて奔放になった瞬間は、眩暈《めまい》がしそうなほど極上の光景で――。

「んっ……琥燈様……んっ……あっ……ふ……」

倒れ込んできた彼女への口づけは、恋しさの数だけ、可憐さの数だけ、幾らしても、し足りない。

「ん――――っ、明鈴……」

「あむ……んっ、ふぁ……あっ、はっ……ん……んぅ――――」

はっはっと呼吸をする明鈴の唇へ舌を押し込むと、容易《たやす》く割れた力のない口内を舌先で弄る。

「んんんっ……もう、私……あむ……ん……ふ…………」

彼女が首を振りかけて、限界だと言うように息も絶え絶えに声をもらす。

そんなことは、見ていればわかる。

羞恥と快楽でもう繋がっていられないのだろう。口づけながらも琥燈の肉棒を呑み込んだ蜜壺が苦しそうにひくひくと震えていた。

結ばれたところ――――秘所に滴が伝っていく感覚があり、琥燈が最奥で放った白濁の熱は、まだ留まったままだった。

敏感になってしまった身体は、口づけや吐息さえも、強い刺激に変えてしまう。

もう……の続きは、離れてください、許してください、だろう。

しかし、琥燈の激情は止まらない。

十三年積もった熱は放たれて薄れるどころか、手に入れてから、さらにはちきれそうに熟している。

彼女がする堪忍の懇願は、甘美な誘惑に見えた。

余裕のかけらもない明鈴が切なく息を吐くだけで、欲望が滾《たぎ》る。

もっと、もっと、と――雄々しさを滾らせていく。

「えっ……？　なっ……あっ……っぁ」

微かな違和感を覚えたのか、明鈴が困惑の声を上げた。

琥燈の熱杭がいっそう角度を増し、抜かないままに柔襞をさらに左右に押し広げ、淫層をはちきれんばかりに満たしたから。

「まだだ、明鈴――」

獣のように唸り、彼女がびくっと構えた刺激で、媚肉が吸い付き、灼熱の凶暴さが増す。

琥燈から逃れようと、彼女がどうにか膝に力を入れたのが肌越しにわかり身を起こした。

「逃がさん！」

「ひゃっ……あんっ！　ふぁ……ううぅ――奥に……琥燈様……もう……あっ！」

ぐりっと肉竿の尖端が膣奥に食い込み、乱暴に蜜壺を荒らす。

角度を変えて繋がっている場所は、熱の杭で明鈴を容赦なく貫いて持ち上げている。

鈍くて甘い痛みが琥燈にもあり、抵抗を見せる狭い秘部の反抗だと感じると、ほぐして乱し、服従させたくなった。

「俺につかまっていろ」

「ふぁっ……あんっ、んぅ……はっ、あっ……あぁっ！」

明鈴の足裏を寝台へ付けさせ、膝を浮かせるように尻に五指を食い込ませて持つ。

呼吸もあやふやな彼女が、喘ぎながらもすがるように琥燈に手を伸ばしてしがみついてくる。

乱れながらも従ってくれる明鈴が愛しかった。

背中に食い込む細い指が、琥燈を凶暴にする。

「明鈴……っ」

下から突き上げるように腰を動かす。

「あっ、あっ！　あっ……ふぁっああっ！　琥燈さ……まっ、あぁぁっ！」

鈴の音のような嬌声を、もっと鳴らしたくて、激しくする。

きつすぎる締めつけにもかまわず、淫層を擦り、引っ掻き、打ち付けた。

「っ……あっ、あっ……あぁぁぁっ！」

ずとんと蜜壺の奥へ勢いをつけて押しつけた時、明鈴がひときわ甘い声で喘いだ。

戦慄《わなな》きが彼女の身体に広がり、びくりと身が硬直して震えていく。

寝台についていた彼女の片方の足裏が苦しげに引きつっている。

明鈴の絶頂の締めつけに、琥燈にもまた、今夜二度目の痺れが襲ってきた。

「――――っ！」

彼女の硬直後の弛緩、その隙をついてねじ込むように淫層の一番奥へと肉棒を沈ませる。

ありったけの熱を放った。

明鈴が反射的に身体を震わせる。

「あっ……ぁあ……琥燈、さ……ま…………――――」

体力と気力の限界なのか、彼女の手から力が抜け、ぐらりと崩れそうになったのを、琥燈は抱き留めた。

「――――」

気を失った明鈴が、腕の中でぐったりとしている。

――また、乱暴にしてしまった。

…………。

琥燈は優しく明鈴を寝台に横たわらせ、軽く身体を拭いて介抱し、寝具をかけた。

すでに静かな寝息をたてている彼女に、毒の心配はなさそうだ。

――俺も、問題はない。

唇を舐めると、明鈴の味がして、次いで優しい粥の……ほのかに甘い味が蘇っていく。

心のこもった料理だった。

「お前はこんな小さな身体で……」

――俺の心を動かし、強くし、後宮にすら立ち向かわせてくれるのか。

琥燈は明鈴の頰へ指先を当てた。白くて柔らかい、血色の良い肌。

「頼もしい、女だ」

己が勇気をもらうため、初恋だからと身勝手で呼んだのに、何もかも上手く動き出した。

琥燈は自分の想像よりも遥かに強く力が漲《みなぎ》り……。

明鈴は策も陰謀も知らぬのに、偶然にも皇太后の勢力に切り込んでいる……。

温かい彼女の頬を優しく撫でながら、額の乱れた髪を直していく。

「宴で皇太后に立ち向かったお前は、気高く……美しかったぞ」

眩《まぶ》しかった——と、琥燈は目を細める。

立場ゆえに、こちらの手の者だと思われぬように、じっと見つめるわけにはいかなかった。

けれど、あの時……百万の兵の味方を得た気分になったのだ。

——誇らしい明鈴、もう少し待っていてくれ、平和にしてやる。

琥燈が毒からかばったことは、露見してしまっただろうか？

咄嗟《とっさ》に戯れ——みっともない顔だと、痴話喧嘩のふりをしたが、明鈴の立場は皇太后にどう認識されただろうか。

「……巻き込んでしまって、すまない……」

流されるままに誰かの妃嬪に属して、事が済むまで無事で待っていて欲しいと安直に願っていたが、明鈴はそんな娘ではないようだ。

宴では皇太后にはべる三人の妃嬪から、散々敵意のまじった悪口を聞いた。誰にも属さないと示したらしい。

「お前らしいな——」

もし……と、思う。

琥燈が願えば、手を取り合ってこの娘は戦ってくれるだろうか？

それを告げて提案することは、偶然とはいえ彼女を騙し、利用してしまったと告白するはめになってしまう。

白晶《はくしょう》は大喜びするであろうが、策で利用したくて手を回したわけではないのだ。

――怒らせたくない……。

熱い思いをぶつけたら、つれない素振りで逃げながらも、妬いてくれた。

脈はあると……感じる。

片恋が、両恋になりかけていく、距離が縮まる実感があった。

このまま好きになってくれるだろうか？

――嫌われたくはない。

嫌悪されたら、絶望してしまいそうだ。

……。

寝顔を眺めていると、戸口に気配があり、小窓から外を窺うと明鈴の一番の侍女らしき姿が見えた。確か陽桜だったか。

勇敢にも皇帝の手打ち覚悟で、様子を見に来たようだ。

「おやすみ、明鈴――また、会いに来る」

明鈴のことは侍女に任せることにして、琥燈は名残惜しみながらもその場をあとにした。

朝までついていて、それから政務に行きたかったが――。

今夜はこれから一仕事あるのだ。

琥燈は花天宮を出て、水犀殿《すいさいでん》の廊下を進む。

すぐに配下が近づいてくる気配がして、案内されて長い廊下を渡り、ひと気のない牢屋の区画へ出る。

人払いしてあるのか番兵はいなかった。

牢といっても、今、琥燈がいる辺りは華やかさを抑えた装飾というだけで、造りは殿の房間とそんなに変わりはない。

高貴な罪人を留置したり、取り調べたりするのに使用する房間であった。

琥燈が来るのを待ち構えていたのか、調べの間に入るなり、白晶が近づいてくる。

「蝶華妃が落ちました」

「そう、か……」

隣の牢で項垂れているだろう蝶華の姿を浮かべると、哀れでもあったが容赦はできない。

琥燈は、宴の席で、蝶華の貝殻細工の小箱と筆の証拠を取り上げ、そのまま彼女も宦官へ引き渡していた。

〝毒の紅で皇帝を暗殺しようとした〟罪である。

ただの寵姫である明鈴を害しただけでは、罪人として後宮の外に引っぱり出せない。

房間に籠もられ、あるいは芙蓉殿にかくまわれて、知らぬ存ぜぬを通されたら手が届かない。

その場に琥燈がいて、間接的に毒を受けたからこそ成せたことであった。

「証言に宦官を一人と、宴の場にいた妃嬪三名を押さえました。蝶華妃の失脚は間違いありません。よくやってくださいました」

「ただの、偶然だ……」

機転を利かせたわけではなかった。明鈴が目の前で毒を見た様子を見て、早く拭わねばとやったことだ。拭ったあとで気づいて、素早く手を回した。

それが蝶華を失脚させることに繋がったのだ。

三人の姫に守られている皇太后失脚に向けた後宮解体の第一歩を、琥燈は明鈴が与えてくれたきっかけにより、順調に踏み出していた。

皇太后を孤立させるために、刺客による暗殺もやむなしとされた妃嬪の一人を、無血でこうもあっさり引き離してしまうとは……。

厳しい顔をして白晶が続けた。

「しかしながら、皇太后との繋がりは否定し、認める素振りはなく、さらに追及しようとしましたが自害の恐れがあります」

「どうせ吐かないだろう。ことが済むまで実家に戻して、家の者には、蝶華妃が行方知れずとして匿《かくま》うように命じておけ。娘の命を守りたければ、監視を怠らず房間から出さずにしろと」

暇を出されただけでは消される可能性もあるし、舞い戻って何らかの形で外から皇太后に協力されても困る。

「はい、そのようにいたします。ちなみに、蝶華妃の房間からは、あれの手がかりはありませんでした」

「まあ……簡単には見つからないだろう」

琥燈の後宮での探し物は、皇太后が妃嬪の房間に隠している可能性もあったが、自分で持っているとも推測される。

「しかし、三枚の妃嬪の盾のうち、一枚をはがしてしまった。なかなかやりますね……明鈴様も。ただの小娘ではなく、よろしゅうございました」

感心したように白晶が頷くのが癇《かん》に障る。

「宦官の報告を聞いていなかったのか！　明鈴は関係ない、俺は利用していない」

「はいはい、偶然です。偶然」

むきになって言い放つと、簡単にあしらわれた。

「聞け、白晶よ。俺と明鈴の距離は、片恋から両恋へと近づいている。いらぬことを知らせて、仲を壊すなよ」

「……後宮の妃嬪が両恋も何も、すでに陛下の物ではありませんか。気持ちなどは、不要でしょう。後宮にいる限り従うでしょう」

――男心を微塵にもわからん奴だ。

もっと何か勝ち誇れる、両恋に近づいた自慢はないかと思って、とっておきのことに気づく。

「そうだ。ついに手料理を振る舞われたぞ！　ははっ、夢が叶った！　すごいだろう」

「厨房は、刺客としてもぐりこんだ者が毒を盛られて死んだら困るといって特別に増設しましたよね？　手料理を食べたいがための嘘でしたか、そうでしたか」

冷ややかに返された。

しかし、反応は想像の範疇《はんちゅう》であったから、琥燈は気にしなかった。

他に自慢できる者が、手近にいないのだ。

「厨房に立つ姿は初々しかったぞ、後ろから抱きしめたくなった。あと、優しい味がした」

「わたしは蝶華妃の実家への手回しがあって忙しいので、失礼します」

――今度は、夢の生活などを聞いてやろう。

白晶に調べの間を追い出されてもまだ、琥燈は明鈴への想いを一人馳せるのだった。

# 【第四章】前世ごと愛された屋根の上～打ち明け話は蒼天に包まれて～

宴から三日――――。

明鈴の生活は、衣がない心配などしなくていいぐらいに、ずっと華やかになった。

宴の翌日は琥燈より褒美という名目で、上襦や裙、披帛などの大量の衣と装飾具が届けられた。

それに対抗するように、翌々日は実家の万寧からも襦裙に襴裙《らんくん》、扇、髪飾りの荷が届き、一気に房間が狭くなる。

父からはさらに妃嬪達への挨拶のためか、毎日……大量の鄧桃饅頭が送られてきて、さらに耳ざとく陛下が手作り菓子を食べたがっていると聞きつけたせいだろうか、今日は鄧桃饅頭の焼き印まで荷に入っていた。

縁起が良いとされる金魚の尾に鈴が巻き付いた、長四角の焼き印は明鈴と万寧と職人がそれぞれ持っているもの。

――お父様ったら、後宮で店でも開けと……？

皇帝のお手がついたことが知られているなら、恥ずかしい……。

明鈴が荷を確かめ終わると、侍女がすぐにさらっていく。

荷は多くても、衣の整理整頓に明け暮れる日々にもならなかった。

どうしたわけか、蝶華妃の取り巻きや侍女が、明鈴にすり寄ってくるのだ。

初めは嫌がらせを警戒したけれど、三日経った今では心を込めて尽くしてくれているのを感じる。

まさか、毎日届く鄧桃饅頭の食べ放題に釣られたわけではないと思うけれど――。

陽桜は忙しく十名から三十名になった侍女に指示を飛ばし、明鈴は取り巻きになった妃嬪と、気まぐれに慣れないおしゃべりに興じる。

誰もが聞き上手なのか、明鈴に一目置いて気遣っているのか、楽しい心地だった。

ぎすぎすしていると思っていた後宮も、そんなに悪くないのかもしれない。

「さあ、お嬢様。今日はどれを御召しになりますか?」

陽桜に問われて、明鈴は色とりどりの衣の中から藤色の襦裙を選んだ。

すぐに一番の侍女である彼女が桃色の蓮の髪飾りを合わせて、披帛は他の侍女達が水色と菫《すみれ》色のどちらが似合うのかで、鳥の囀《さえず》りのような口論を始める。

身に纏ったところで、妃嬪が何人か変わった衣を身に着けて訪ねてきた。

「明鈴お姉様～、この衣はいかがでしょうか?」

「わたくしも見てください。お姉さま!」

明らかに年上の妃嬪にお姉様と呼ばれているけれど、彼女達は幾ら呼び方を訂正しても変えてくれなくて困っている。

だから、すっかり諦めて、明鈴は妃嬪が披露する衣の審査に入った。

宴以来、後宮では肌の露出が多い手作りの衣が流行っている。罪の意識を感じながら、明鈴は感想を述べていく。

「ええと……これは肌が出すぎで下着みたいだから禁止。裙をアレンジしたのはいいけれど、短すぎだからよくないと思う」

よくない風を吹き込んでしまったかもしれない……。

衣を否定され、がっかりした様子の元蝶華の取り巻きへ、明鈴はずっと気になっていたことを尋ねた。

「あのね、貴女達。蝶華姫のところに行かなくていいの？　最近、花天宮で彼女の姿を見ないのだけど――」

打ち解けてきて、そろそろ聞けそうな頃合いだ。

「蝶華妃なら、お暇を出されてもう後宮にいらっしゃいませんわ」

「あら、わたくしは失踪したと聞いたのですけれど……」

「ええっ⁉」

妃嬪達から返ってきた穏やかではない言葉に、明鈴は目を白黒させた。

――もしかして、毒の紅を私に塗ったから……？

「そんなに驚かなくても、後宮から誰かが消えることは珍しくありませんわ」

「ええ、特に蝶華妃は強欲で恐ろしかったから…………」

蝶華の悪口が始まり、明鈴は罪悪感を覚える。

彼女達のおしゃべりを止めようと、口を開きかけたところで、辺りがしん――――となった。

明鈴の前に、妃嬪達が左右にわかれて道を開けている。

そこには、春彩が立っていた。

「明鈴妃。わらわと少し話をいいか？　おまえが知りたいことを教えてやってもよいぞ」

真珠がびっしりついた披帛を纏った無邪気顔の彼女が会話に割り込んでも、格が違うのか妃嬪達のほうが皆さがっていく。

「えっ……は、はい」

「お嬢様……」

ひそっと、小声で陽桜に注意をされる。その意味は……。

「……わかってる」

――――用心するから。

毒の紅は警戒するし、食べ物ももらわないし、池にも近づかない。

陽桜にも琥燈にも心配をかけるわけにはいかない。

披帛を揺らしながら、明鈴は春彩に付いて房間から出た。

あとから、そぞろ歩いてくる侍女を引き離すように、春彩が早足になっていく。

そして、古びた蔵の屋根へと木の梯子《はしご》をかけた。

「今から、明鈴妃とこの上で内緒話をするゆえ、誰も近づいてはならん！」

赤茶色の瓦が敷き詰められた屋根は、立派ではあったけれど、他の建物よりは雨風にさらされている色をしていた。

「わ、私も登るの？」

「当然じゃ。誰かに聞かれたら困る――」

声を落とした春彩の言葉が気にかかった。思い詰めているみたいだ。

おしゃべりな姫なので、案外と親切に蝶華が消えたわけを話してくれるかもしれない。

屋根は下から見ることができる高さにあるから、声は聞こえなくても目はあるし……。

「わかった、内緒話ね。後宮について色々と教えてください」

明鈴は梯子に手をかけて、促すように春彩を見た。

「わらわではなく、おまえが先に登るのです」

――わぁ……嫌な予感。

「そ、そう……？　でも、まあ……屋根ぐらいなら」

途中で外されないように注意しながら梯子を上り、最後に、赤茶色の屋根にえいっと弾みをつけて、素早く登る。瓦が乾いた音を立てた。

「……あっ！」

瓦は予想以上に滑りがよくて、落ちそうになる。明鈴は咄嗟にしゃがんで身体の重心を低くし、耐えた。

――危なかった。気をつけないと。

登るようにはできていないし、結構角度がついているので踏み外しやすい。

その分、景色は良さそうだし、見つかりにくいので秘密の話をするには絶好の場所なのかもしれないけれど。

「…………」

カタッと何かが外れる音が聞こえてくる。

嫌な予感がして振り返ると、そこには春彩の姿どころか、梯子もなかった。

――やっぱり。

ベタすぎる嫌がらせだった。

ある程度は予感していた分、痛くも痒くもなかったけれど。

他の妃嬪の目があるから、手を振ったりして合図を送れば、誰かが別の梯子をかけてくれそうだし……。

「うーん……のんびり待とう」

前のような毒や何かを壊された類いのものではないので、焦ることも怒ることも必要ない。

景色でも楽しみながら待てばいい。

前世の記憶がある明鈴でさえ、屋根でゆっくりするなんてしたことがないのだから、貴重な機会とも言える。

望んでの状況ではないのだけれど。

「さすがに、すごい眺めね……」

その場で慎重に腰を下ろすと、視線を瓦から遠くへと向ける。

今、明鈴が上にいるのは後宮内の様々な品を保管しておく蔵とはいえ、中は棚が層になっているので、その屋根は結構な高さがある。

後宮内で高い建物と言ったら楼門ぐらいなので、周りの様子を一望できた。

――あれが芙蓉殿で、その隣は……霊廟《れいびょう》だったかな？

初日に陽桜に説明してもらった後宮内の地図を目の前の景色に重ね合わせる。

南に正門があって、すぐ庭とその周りをぐるりと囲む妃嬪達の房間が連ねる天花宮。

門はもう一つ北側にもあり、その手前には皇太后の住む芙蓉殿。隣には先祖の霊を祀る場所である霊廟が建っている。

他にも幾つかの蔵や庭があるが、後宮内の建物としては主にその三つ。

綺麗な庭の花と建物の屋根の鮮やかな色が、空という青の背景に映えて美しかった。

――夕日に照らされたら、さらに綺麗だろうな。

ただ、夜中まで屋根の上だと寒くなってしまうだろうから、できれば日が沈む前に見つけて欲しいところだけれど。

このまま一晩屋根の上で過ごすのは、かなり困る。眠って落ちてしまうかも。

「……誰かきた？」

ちょうど良く誰かが来る気配がして、明鈴はほっと胸を撫で下ろした。

春彩が話してくれる気になったのだろうか。それとも陽桜が助けに来てくれた？

すぐ下をのぞき込むのは危ないので、相手が上がってくるのを緊張しながら待っていると、初めに鳶色《とびいろ》の髪が見えて、すぐに緋色の瞳と目が合う。

「あっ……！」

「元気そうだな、明鈴」

――琥燈様！

千歳緑《せんざいみどり》の袍《ほう》が風を含んだと思うと、琥燈が軽やかに新しくかかった梯子を上ってきて、明鈴の横へと座った。

「随分と楽しそうなことをしているな」

「あっ……こ、これはお天気がいいから、もっと高いところで日向ぼっこしようかなって？」

咄嗟に春彩をかばったけれど、眼下には、彼女の姿はおろか、皇帝の来訪に気を利かせたのか侍女達の姿もなさそう。

すごく離れたところで、豆粒になってこちらを見ている衣の姿があるだけだった。

「奇遇だな。俺もなんだ」

「そんなわけ……えっ⁉　何を……」

明鈴に視線を向けながら、琥燈は足を伸ばす。

「ちょ、ちょっと待って！　待ってください！」

制止を聞かず、彼は自分が上ってきた梯子を足で蹴って外してしまった。

「……何をしているのですか？」

「これで……二人きりだ」

少ししてから、ガタガターンと音がして、木の梯子が地面にぶつかる音が響く。

「なっ、降りられなくなったでしょう！」

思わず立ち上がりそうになった明鈴は、思いとどまった。

いつもの意地悪な瞳がじっと自分を捉えている。三日ぶりに会った琥燈は、昼間の日差しの下で見るせいか、輝いて見えた。

「二人きりだ」

「……陛下が言うと、怖いのですけど」

じりっと構えた明鈴へ、降参するみたいな手つきで琥燈が何もしないと手を挙げた。

「妃嬪の目もある、何もしないから逃げようとするな。動くなよ」

「動きませんけど……」

屋根の上では襲われたりしなそうで、ちょっとは警戒を解く。

「俺が動くのはいい」

「わっ……！」

琥燈が明鈴の肩を抱き、もう一方の肩にさらさらの髪を乗せてくる。鳶色の前髪が近くてくすぐったい。

「ちょっ、ちょっと琥燈様。下から見えています」

「仲良しのところぐらい見せてもいいだろう、ほら、手を振ってやれ」

豆粒だった妃嬪達は、好奇心が勝ち、近づいてきているみたいで、彼女達の顔が判別できるぐらいになっている。

「い、嫌です！　そんな見せつけるみたいな恥ずかしいことできません」

「手を振るまで肩から離れてやらない」

「……っう～ぅぅ……」

さらに肩に体重をかけられ、明鈴は仕方なく、屋根の下にいる妃嬪達へ手を振った。

華やいだざわめきが起こり、当然のように手を振り返されて「仲良しですわ～」と冷やかす声まで聞こえてくる。

「……こっ、これでいいでしょう？　もう、離れてください」

「ああ、お前との仲を見せつけ、自慢できて満足だ」

のそっと琥燈が肩から頭を起こし、日の光を吸い込んだ鳶色の髪が視界に眩《まばゆ》く広がる。

――――ち、近い……早く離れて……。

おろおろしていると、琥燈の動きが途中で止まった。

「おっ――――」

彼が明鈴の向こう側に何かを見つけたようにさらに倒れ込んできて、片方の手を伸ばしたまま膝の上へと寝転んでしまう。

「こ、琥燈様っ！　近いです、離れてくれるんじゃなかったのですか」

非難の声は、さわさわと膝を撫でる彼の手により宥められてしまった。

「わざとじゃないぞ、ここに落ちていたものを拾っただけだ」

琥燈が瓦の上から何かを拾い上げ、帯へ入れるような仕草をする。

――――私、髪飾りでも落とした？

慌てて身なりを確認するも、何も落としている様子はない。慌てふためく明鈴の膝の上で、彼がくっくっと笑っている。

「お前から飯粒が落ちただけだ。気にするな」

「ええっ！　落としてない、ついてない、着替えたし！」

一瞬焦るも、飯粒などついているわけがない。

膝に乗っかり、こちらをからかってくる琥燈の素振りからして、膝枕をさせたかっただけの口実に思える。

「もう、嘘ばっかりついて甘えないでください」

「はいはい」

膝をぐいっと立てると、やっと彼が起き上がった。

――――もう……どうして、屋根の上になんか会いに来るの……。

――――助けてくれたのかもしれないけど、恥ずかしいことばっかり。

自分で対処ぐらいできたし――――と口を結んで、明鈴が琥燈を見ると、彼は上機嫌で隣で景色を見ている。

そんなに嬉しそうにされると、嫌がっている自分のほうが変に思えてきた。

「………助けに来てくれたことには、お礼を言います。ありがとうございます」

礼を言いそびれるのは主義に反するので、多少つかえながらも口を開く。

「律儀だな。お前は妙に真面目な部分が可愛い」

「ま、真面目って……普通ですから！」

何を言っても、微笑ましく返されてしまうのが悔しい。

特に明鈴をそわそわさせるのは、琥燈が何につけても好意に満ちている部分だった。

全身全霊でこちらを向き、愛でてくれている気がする。

万寧の親の愛とは異なる、たっぷりの恋愛感情で。

「…………どうして、私なのですか？」

聞いてみたいと思ったら、止める間もなく口から零れていた。

「お前は変に頭でっかちでつれないところがある。そこが、たまらない」

「ええっ……」

――もしかして、もしかしなくても趣味が悪い？

「もちろん、美しい顔も、華奢だが色気のある身体も、料理の腕も好きだぞ」

「っ……もう、言わなくていいです」

さらさらと、何個でも出てきそうで、尋ねた明鈴が赤面してしまう。

「いや、これからが聞かせどころなんだが――」

「間に合っています！　お、お腹いっぱいです……も、もう……」

ずっと聞いていたら、のぼせてしまいそうだ。

「じゃあ、最後にとっておきの魅力を教えてやる。幼少の頃から今もずっと、時に大人びたことを話すお前に、やられっぱなしだ」

――わああっ⁉　ば、ばれた……？

「……う、まあ……ま、ませているかもしれませんね？」

明鈴は何もかもを見抜かれた気持ちでものすごく焦った。

心臓がバクバクと音を立てる。

それって――三十二歳の心や言動を気に入っているってこと⁉

「…………」

不意打ちすぎて、言葉が出てこない。

誤魔化して、他の話にもっていかないといけないのに、考えつかない。

「あ、ははは……前世が、口うるさい女官だったのかも……お局様的な」

苦しい言い訳が零れた。そこまで嘘はついていない、製薬会社の営業で新人が毎年入ってきて同期の女子が誰もいなくなり、少し煙たがられていたことは事実だ。

「あ……っ」

――しまった！　自分でバラした？　うかつ！

はっとして琥燈を見るも、彼はひときわ可笑しそうに笑い、ごろんと屋根へと寝そべってしまう。

「ははっ！　お前はやはり面白い。俺は今目に映る、ぬけるような青い空を好む、前世は鳥であったかもしれんな」

「琥燈様………」

思いがけない肯定に、胸が熱くなった。

「お前も来い、寝転んだほうがよく見える」

腕枕をするように、彼が片方の腕を広げて明鈴を促す。

彼と同じ景色が見たいと思った。今すぐ、青い空を同じ角度で目に収めたかった。

恥ずかしさは吹き飛んで、えいっと琥燈の横へ寝そべる。

少しごつごつとした枕に、首を乗せた。

「おっ！」

嬉しそうな琥燈の声が、片耳からと腕を通して首のところから伝わってくる。

目に映るのは、後宮の屋根一つも、樹木の葉一枚も見えない、蒼天の空――――。

「――――綺麗ですね……鳥だったら、毎日見ている景色なのでしょうか」

弾んだ声が出て、空へ包まれた。

「さあな、残念だが飛んだ記憶などはない。あったらさぞかし面白いだろう」

「お、面白くなんかないです！　苦労しますからっ」

うっかり叫んでしまい、あっと思った時には琥燈の好奇心で爛々《らんらん》とした瞳が明鈴を見ていた。

「明鈴は前世の記憶があるのか？　ははっ、どうりで一緒にいると楽しいはずだ」

「…………」

拍子抜けしてしまう。

――あっさり楽しいって笑い飛ばされたけれど。

捕まって、洗いざらい聞かれるとか、騙していたんだなって嫌われるとか、口にしてから一瞬でした覚悟を返して！

「安心しろ、俺とお前の秘密だ。誰にもしゃべらん、実に興味深いぞ」

「驚かない琥燈様に私はびっくりです……」

気を許してはいけないと思うのに、前よりずっと近い気持ちになっていく。

「水犀国でのお前の夢は――〝今度は気楽に、ぬるく暮らす人生を思い切り謳歌〟とか言っていたな、前世は七日の命の蟬《せみ》で苦労でもしたのか？」

「蟬ではありません！　鳥でもなく、ちゃんと人間でした。ただ、ここと違う世界で、死んでしまうぐらいに働きまくっていたというか……」

夜伽での明鈴の呟きを、一言一句覚えている琥燈にちょっと怯えながらも、違うところは訂正する。

「なるほど、だから平穏に暮らしたいというわけか。お前の望みをみくびっていたぞ、信念がある」

「……それは、どうも……」

――だったら、早く実家に帰してください！

とは、せっかく受け止めてくれた彼の顔を曇らせそうで、どうしても口から出てこなかった。

「今はお前の夢を叶えるわけにはいかない。俺の十三年越しの夢が叶わなくなるからな。だが、前世のお前の夢なら、叶えてやれるかもしれないぞ。言ってみろ」

「はぁ……」

言ってみろって――文化が全然違うのだけれど。

あの頃も休みが恋しいだけで、夢なんてあったかな………。

「――」

――ああ、駄目だ。落ち込んできた。ちょっと無理してでも、楽しいことを考えよう。

ついでに、琥燈の派手な強引さも、前世では変なんだよと諭してみよう。

「私の前世での夢は――普通にお嫁さんになることかな……？　前の世界では、結婚は親が決めずに、自分で相手を探して恋愛結婚するっていうのも多かったんだよ」

「ほう……親が決めずに誰が引き合わせるのだ？」

ぴくりと彼の眉が動く。

「偶然街で出会ったり、仕事場が一緒だったり、幼馴染だったり、相手を気にかけて徐々に好きになっていくの」

――いつかさりげなく運命の人と会えるかも……という、憧れなのかもしれない。

「俺とお前も、広く言えば昔馴染みで、偶然出会っただろう。ああ、俺のところへ嫁に来れば夢が叶うじゃないか！」

琥燈がしめたとばかりに、語気を強くする。

「じょ、徐々にって言ったでしょう……自然な出会いが大事なの」

「むっ？」

こだわりは外せないとばかりに、明鈴は饒舌になった。

「いきなり皇帝に呼ばれて後宮とかではなく、店番をしていたら出会ったりとかして、意識しながら徐々に仲良くなるとか」

――今みたいに、びっくりする出会いは苦手だから。

いつの間にかそばにいた感じだとありがたい。

「俺より客のほうがいいのか！　客ならどんな爺さんでもいいのかっ、今さらもう、会う前には戻れんぞ」

悔しげな琥燈をよそに、明鈴は続けた。

いつもは彼に翻弄されっぱなしなのに、主導権を握っているみたいだ。

「仲良くなったら、相手が私の家に〝お嬢さんをください〟って挨拶をしに来るの、慣れない正座とかして……あ、こんな風に足を折って背筋を伸ばして座ることね」

片足を折って、琥燈へニュアンスを教える。

「その技を使えば、親の許しがもらえるのだな」

「技って……ま、まあ。そんな感じかな？」

大真面目に琥燈が覚えようと身を起こしかける。変なことを教えすぎたと、明鈴は慌てて彼を制した。

「でも、前の世界でのことだから、今は全然関係ないので気にしないでください」

「俺としては気になるが、明鈴が言うなら追及しないでやる。それで、お前の仲良くなったとはどれぐらいのことを指すんだ？」

琥燈は緊張した面持ちで、再び寝転がり空を見ている。

今の状態は全然仲良くないと嘘を言ったら、傷つけそうだ。

「……………彼氏になったらかな？」

「何だ、それは？　かれし」

――あっ、そうか、通じない。

実家では明鈴が幼少の頃にうっかり広めてしまった言葉で、今では使用人も使っているけれど、当然皇帝の耳にまでは届いていない。

「恋人のことだよ。彼氏と彼女、女の人のほうが彼女」

「だったら、お前のかれしは俺で、俺のかのじょはお前か、おお、なっているぞ！」

――寵姫って恋人……うーん確かに……。

なんだか、琥燈に押し切られそうな予感がして、明鈴は慌てて付け足す。

「かっ、彼氏と彼女は温泉旅行に行かないといけないの！　そこで思い出を作って初めて、結ばれて……！」

はっきり言って嘘であったが、琥燈が目を輝かせる。

「温泉旅行とは旅か？　詳しく教えろ」

知りたがる瞳に負けて、嘘をついてしまった手前、明鈴は温泉旅館の全体像を身振り手振りで話すはめになった。

明鈴の必死の、ちょっと苦しい説明を聞く琥燈は聞き上手で――――。

彼は興味深そうに何度も頷いていた。

…………。

……。

だいたい話し終えて、明鈴が息をついた頃で、屋根に新しい梯子がかかる。

「お嬢様、大丈夫ですかー！」

陽桜の声だった。

「うん、大丈夫。ここですー」

起き上がり、襦裙を払って整える。

「安心しろ、二人だけの秘密だ」

琥燈に見送られて、明鈴は梯子を下りた。

※　※　※

明鈴が行ってしまってから、琥燈は隠し持っていた真珠を手にして確かめた。

さっき屋根の上で拾ったのは、明鈴についていた飯粒ではない。

「……春彩妃の真珠か――」

――粒ぞろいの高価な真珠の披帛が、あだになったな。

宦官の知らせで慌てて駆け付けたが明鈴が無事でよかった。

明鈴は、嫌がらせで屋根の上に置き去りにされただけ……と、思っているだろう。

だが――。

「………」

琥燈は明鈴が座っていた場所から瓦を確かめつつ、横へと移動した。

ドガッ――。

ガシャガシャーン……！

ひび割れた瓦が蔵の中へと落ちていく。

眼下には木の杭――。

上を向いて尖ったそれらの尖端に、背筋がぞっとする。

焦って尻尾を出したが、明鈴を消そうとしている企《たくら》み……。

琥燈が彼女を同じ場所に留めなければ、命が危なかった。

「させるものか」

用心深く動いたので、琥燈の身体は屋根の上であった。

見回すと、他にも崩れるように仕掛けた場所が多くある。

我の強い春彩は、もっと穴をと自らも率先して罠を作ったのだろう。

証拠となる披帛の真珠……。

「それから――――」

琥燈は冷酷に目を細めて、袍の片袖を捲った。

――明鈴を傷つけようとしたものに容赦など必要ない。

むき出しになった腕を、欠けた瓦へと勢いをつけて滑らせる。

「ぐっ……！」

細くて長い傷ができ、血が腕を伝っていく。

これで……。

皇帝に害を成すために、春彩が罠を仕掛けたことになる。

たいした痛みでもなかったが、琥燈は顔を顰《しか》めた。

「また……」

空に向かって、弱気な声を吐く。

「明鈴を……利用してしまったのか――――？」

そうなるだろう。

――――また、皇太后の盾を一枚。

希望に近づいているのに、明鈴が遠くなる気がした。

屋根の上で語り合ったことは、本当だ。

まやかしでも、策でも、嘘でもないと、己に言い聞かせる。

楽しかったひと時を、陰謀や血で汚したくなかった。

素晴らしい語らいだったから……。

空を好む琥燈に、今まで誰が言ってくれただろうか。

前世はある――――この広い空を飛ぶ鳥だと彼女は教えてくれた。

そして、明鈴の大人と子供がいりまじった不可思議な魅力の謎も解けて、ますます彼女のことが好きになった。

「明鈴――――」

勇気を振り絞って教えてくれた、彼女の夢を、一つ残さず叶えたい。

近い未来に、すべてが露見して嫌われてしまう前に……。

## 【第五章】 水犀国の大陰謀に囚われて～媚薬の罠、狂乱の快感～

屋根の上の騒動から半月。

皇太后派の妃嬪達からは未だに小さな嫌がらせはあるものの特に大事にはいたらず、明鈴は無事に後宮で暮らしていた。

「本当に綺麗ですね、ここからの眺めは……。天界というものがあれば、きっとここみたいな場所でしょうね」

目に映る白と赤紫に、明鈴が感動を少し大げさに言うと、他の妃嬪達も口々に賛同の言葉を口にした。

この日、明鈴は仲良くしてもらっている妃嬪達に誘われ、庭園の中に建てられた『台』と呼ばれる景色を見るための平屋で花見をしていた。

少し高い場所に建てられているので、庭側の戸をすべて取り払うと、視界が大きく広がって咲き乱れる美しい木々が一望できる。

庭には後宮へ初めて来た時と同様、無数の木蓮の花が点となって景色を埋め尽くしている。

ここからだと白だけでなく、赤紫の花も見ることができる。

時折、風に舞う花びら――二色の木蓮の競演を眺めながらゆっくりとした時を過ごしていると、後宮も悪くないと思えてしまう。

――初めて連れてこられた時には、そんなことかけらも思わなかったけれど。

気持ちが違うと見え方も違って見えるのかもしれない。

――琥燈のことは……よくわからないけれど。

いきなり後宮に入れて、好きだと言われて……守ってくれたり、助けてくれたり……でも、時々よくわからないことをするし。

屋根の上で語らってからは、彼は幾度か夜に後宮へと現れ、決まって明鈴を寝所で抱く。

――ちょっと暑苦しいぐらい一途なことは……信じてもいいかもしれない。

「明鈴妃？　どうなされました？　お加減が悪いのですか？」

しばらく、茫然としていたのだろう。左隣の妃嬪が心配して、声をかけてくれていた。

「あっ、ごめんなさい。考えごとをしていただけなの」

微笑んで、大丈夫なことを彼女にだけではなく、皆に伝える。

房間には左右にずらりと妃嬪達が座っていた。くだけた場なので、礼儀正しく座ってではなく、やや足を崩しながらおしゃべりに花を咲かせている。

皇帝に関すること、後宮内の話も出るが、まだそれぞれが実家にいた頃の話が大多数。妃嬪達は、何かお許しや特別なことがない限り、後宮の外には出られないから。

だから、妃嬪達が日々できることと言ったら、漢詩を詠むか、楽器を奏でるか、書物を読むことぐらいしかない。

すぐにやることなど尽きてしまう。

皇太后が命じているからとはいえ、そんなことだから虐めに走りやすくなるのだと明鈴は考えた。誰かに悪戯をするのが格好の暇つぶしになってしまう。

その現状を知った明鈴は、まず妃嬪達に定期的な花見の場を設けることにした。とりあえずおしゃべりの場があれば、鬱憤は溜まりにくくなるはず。

「お嬢様、ご用意できました」

陽桜が座っている明鈴に小声で伝える。お願い、とだけ伝えると、侍女達が一斉に入ってきて妃嬪達の前に小さな食事用の卓を置いた。

そこには、皿に置かれた菓子と茶が用意されている。

「皆さん、新作の味見、よろしくお願いします」

並んだ妃嬪達を見回すと、明鈴は恭しく頭を下げた。

花見をするならば、せっかくだから菓子を。

菓子を出すならば、と実益を兼ねて明鈴はそれを試食会に仕立て上げていた。

皇帝御用達の鄧桃天心楼の新作菓子が食べられるとあって『新しい物』に飢えていた妃嬪達はこぞって明鈴の花見に参加したがり、今では希望者が多すぎて順番待ちにまでなっている。

これを始めてからは、嫌がらせの数が極端に少なくなった。

皇太后側の勢力が、新作菓子付き花見の効果で離れていっているのかも。

「この新作も美味しいですわ、明鈴妃。少し変わった味ですけれど、何というお名前なの？」

陽桜に合図して、菓子の名前を記した書を皆に見せる。少し大げさだけれど、これも楽しんでもらうための演出の一つ。

「みたらし？」

「はい、みたらし団子と申します」

白玉団子はもともとあったので、前世の記憶から簡単に作れた一品。

「団子を竹の串に刺すなんて、珍しいですわ。手が汚れずに食べられますし」

「そんなことより、このお味こそが素晴らしいです。甘くもありながら、塩気もあって、とろりとした餡《あん》が乗った菓子だなんて、初めて」

今までにない菓子に妃嬪達が興奮し、口々に感想をもらす。

「あの方もいらっしゃれば、いいのに」

不意に一人の妃嬪が口にした言葉に皆が動きを止めた。

皆が思ったあの方とは、皇太后のこと。場が一気に緊張する。

「そうね、来てくれると嬉しいわ。今度、お誘いしてみようかしら？」

明鈴が皇太后に関する発言を許したと知り、他の妃嬪達も噂話を始めた。

「最近は宦官さえ、お姿をみない、という噂ですわね」

「芙蓉殿に籠もってばかりでは不健康よね。やはり華は日に当たらないと」

「私は御天道様《おてんとうさま》だけでは満足できませんわ。この木蓮のように、陛下からじっと見つめていただきたいものです」

冗談を交え、会話が盛り上がる。

彼女達の話を明鈴は注意深く聞いていた。何か良い情報が混じっているかもしれない。

「そういえば、まだ明鈴妃にちょっかいを出す不徳者はおりますの？」

先ほど心配してくれた妃嬪が明鈴に尋ねてくる。皆の意識がまたこちらに向く。

「ほとんどなくなりました。きっと皆さんと仲良くしていただいているおかげです」

正直になくなった、とは言わない。

彼女達には嘘をなるべくつきたくないから。

「私達などでは力及びません。きっと陛下が目を光らせているからですわ」

確かに、こうして皆と花見をしている時でさえ、琥燈の視線を感じることがある。偶然、出かける時に通り掛かる姿を見たのも、一度や二度ではない。

――もしかして、私、琥燈様に守られている？

こうしている間にも、口紅の毒の時のように明鈴が気づかないうちに危険を退けてくれているのかもしれない。

胸が少し締めつけられた。

「本当に羨ましいこと。陛下の寵愛を一身に受けられて」

「それも当然よね。わたくし達も大好きになるほど、明鈴妃は魅力的な方ですもの」

普通ならば妬まれてもおかしくない状況だろうけれど、妃嬪達は今までのことから明鈴を認めてくれているようだった。

「ありがとうございます、皆さん……菓子のお代わりもありますので、どうぞ仰ってくださいね」

明鈴が言うと、陽桜が新たなみたらし団子を持って現れる。

「じゃあ、遠慮なく、おかわりー！」

先ほど大好きだと言ってくれた彼女が真っ先におかわりを口にする。

「もう、そのために明鈴妃を褒めたわね」

花より団子の様子に、皆が一斉に笑った。

明鈴も心から笑顔になり、この場を楽しむ。しかし、途中でその表情は真剣なものとなった。

――この子って……春彩妃の取り巻き？

一度見ただけなので今まで気づかなかったけれど、団子を美味しそうに頬張る無邪気な彼女が、前に春彩と一緒にいたことを思い出した。

そういえば、この頃春彩の姿を見かけない。

――もしかして、またいなくなった⁉

屋根の上に置き去りにしたぐらいで、咎めを受けるものだろうか。

自意識過剰かもしれないけれど、何かが後宮内で起こっていて、その中心に自分がいるような気がしてならない。

「誰か、ここ数日、春彩妃を見た方はいますか？」

明鈴が妃嬪達に尋ねたけれど、取り巻きだった妃嬪も含めて、誰もが首を振る。

「お姿が見えないようなので、心配していたのですが」

やはり、予感は的中したようだ。

「そういえば……」

静かになった中で、奥に座っていた一人の妃嬪がぼそりと声を上げる。

「蒼花妃も最近ふさぎ込んでいるそうで……霊廟で毎日のように祈りを捧げているとか」

「私も霊廟に向かう蒼花妃を見ましたわ」

彼女に続いて、他の妃嬪からも言質が取れる。

どうして祈りを？　いなくなった蝶華や春彩に何か関わっていた？　罪悪感から？

いずれにしろ、皇太后のもと、権力を三分していた彼女達に何かあったのは間違いないようだ。

「心配ですね。一度私が様子を見にいってみます」

三妃と皇太后についての会話は、明鈴の言葉で終いになった。

妃嬪達が各自持ち寄った話題を話し出す。けれど、明鈴は相槌を打つだけで、後宮内で何が起きているのかをずっと考えていた。


陽が傾き出して花見がお開きになる。

すると、片付けは侍女達に任せ、明鈴は陽桜を連れて蒼花が毎日祈りを捧げているという霊廟に警戒しながら向かった。

……霊廟とは、先祖の霊を祀る場。

霊廟は芙蓉殿の近く北西に位置していて、後宮内で死んだ者を祀っているらしい。

今では厳しく制限されているとはいえ、出入りすることも不可能ではない後宮だけれど、かつては一度入ったらたとえ死んでも出ることができなかったらしい。

そのために廟が作られ、死んだ霊を鎮めているという。

あまり行く直前には聞きたくなかった説明を陽桜から聞いていると、丸い低い塔のような霊廟が見えてくる。

蒸籠の上に算盤《そろばん》の珠を三つ重ねたような形をしていて、他の後宮内の建物に比べて、極端なほど色彩に乏しい。屋根が鼠色、入り口部分だけがぐるりとくすんだ赤銅色に塗られていて、そこには魔除けの文字がびっしりと書かれている。

近づくと、霊廟の入り口には蒼花の侍女らしき女性が数人立っていた。

「蒼花妃は中にいらっしゃいますか?」

尋ねると侍女長らしき人が頷く。

「お話を聞きたくて参りました。お取り次ぎ願えますか?」

今度は侍女が首を振る。

「どうぞ、蒼花様にお伺いください」

直接中に入って、話しかけてください、ということらしい。

このまま祈りが終わるまで外で待つことも考えたけれど、いつ終わるかわからず、明鈴は入ることにした。近頃は大人しいとはいえ、夜に出歩くのは危険だから。

――これが、霊廟。

霊廟の中は思ったよりも狭い。

やはり色は少なかったけれど、天井には細かな造りの装飾がびっしりとなされており、赤銅色の細い柱がぐるりと周りを囲んで立っていた。

外見同様に円形をした霊廟内の奥には、扉のような大きな木彫りの牌位《はいい》が置かれている。

探していた蒼花の姿はすぐに見つかった。

牌位の前に跪《ひざまず》いて、手を合わせている。

「蒼花様、少し宜しいでしょうか？」

遠慮気味に小声で尋ねる。

立ち上がり、振り返った彼女の顔は青白かった。顔の半分を布で隠しているが、それでもわかるほどに顔色が悪い。

「来たの……ね？　あなた……こなければよかったのに……」

――何？　何か変……彼女……。

ふさぎ込んでいた、ということなので元気がないのは当然だけれど、それ以上にどこか魂をなくしたような話し方だった。

視線も明鈴を見ているようで、見ていない。

「来なければ、よかったとはどういうことですか？」

「何を……しにきたの？　早く……言って！」

質問をしたのは明鈴からだったのに、苛立つ声で蒼花が問い返す。

茫然とぼそぼそ言っていたかと思うと、急に怒り出す。

――とてもよくない傾向。精神的に追い詰められた患者のような。

明鈴は気づかれないように、後ろにいる陽桜に外へ出るように手で合図を出した。

早く話を打ち切ったほうが良さそうだ。

「後宮内で起きていることについて、蝶華妃と春彩妃の消息について、蒼花妃に話をお聞きしようと思ったのですが……また日を改めることにします」

この様子だと、すでに皇太后に何らかの口止めをされているに違いない。

今は話を聞くよりも彼女から離れようとする。

「今よ！　今じゃなきゃ駄目！　すべてお話しします……」

大きな蒼花の声が霊廟の中に反響する。それで虚を衝かれてしまった。

いきなり距離をつめてきた彼女が、明鈴の鼻先に香を突きつける。

それは饕餮《とうてつ》と同じく龍の子の一匹で、獅子に似た『狻猊《さんげい》』という怪物を象《かたど》った香炉で、口の部分から紫色の煙が立ち上っていた。

驚いた明鈴は、まともに吸ってしまう。

「な、何？　これ……」

――この香り、嗅いでは駄目……！

甘く、鼻をつく強い匂い。

それは霊廟内に最初から漂っていたもの。祈る際に使う香なのだと思って見過ごしていたのだけれど、それが命取りだった。

身体が燃えるように熱く、言うことを聞かない。

思えば、蒼花は最初から鼻から口元にかけて布を纏っていた。あれは顔色を隠すためではなく、香を嗅がないようにするため。

精神的に追い詰められたと思っていた蒼花の症状は、今思えば中毒患者のそれだった。

「早く……落ちて！」

明鈴の前で、彼女が香の蓋をさらに開く。

全身から力が抜け、明鈴は床に膝をついた。

「よう……おう……」

最後の力を振り絞って、後ろを確認する。

陽桜は明鈴の指示どおり霊廟の外に出ていたようで、その姿はなかった。危険に気づき、逃げてくれることを祈る。

――よかった。巻き込まれていなくて。

安堵した直後、香によって意識が完全に刈り取られ、明鈴は人形のように床へと倒れ込んだ。

次に目を開けた明鈴が見たものは、薄暗い岩の壁だった。

明かりは、隅に置かれた篝火《かかりび》だけ。

――どこ……？

手足を動かそうとしたけれど、重みと共にジャランという金属音に邪魔された。

「な、なに⁉」

自身の手足を見ると、分厚い金属の枷《かせ》が嵌《は》められていた。そこから鎖が伸びて、明鈴の後ろにある岩壁へと繋がっている。

明鈴は壁へと磔《はりつけ》にされていた。

――地下牢？　私、掴まったの？

岩壁に囲まれ、手足には枷と鎖。足の鎖は長かったけれど、手の鎖は枷のように短い。

自分が罠に嵌まり、捕まったのは明白だった。

「それに……この香り……また……」

牢には明鈴の意識を失わせたあの香りが漂っていた。

息が不自然に苦しい。それに――。

「身体が熱い……あぁ……」

肌は火照り、身体の芯がじんじんとして我慢できない。触りたいのに、鎖のせいで手足は伸ばせない。

――あぁ、駄目……やめて……。

肌という肌が敏感になり、疼いて仕方がなかった。それなのに何もできずに耐えることしかできない。

苦しくて、苦しくて、たまらない。

「あっ……あぁ……」

――助けて……誰か……おかしくなる……このままでは。

もう少しで叫びそうになった時、階段を降りてくる数人の足音が聞こえてきた。

「目が覚めたようじゃな？」

「貴女は……！」

姿を見せたのは、皇太后だった。

背後には、蒼花の姿も見える。彼女も明鈴を陥れる際に少し香りを吸ってしまったのか、苦しそう。けれど、仕える人形のように皇太后の後ろに立っていた。

「何を……するつもりなの、です？」

二人に対峙することで、少しだけ自分を取り戻した明鈴は問いかけた。

「まだわたしに質問できるだけの余裕があるとは驚きじゃな」

威嚇している猛禽類の目のような羽扇《うせん》を揺らめかせながら、皇太后が左右へ動き、じっくりと明鈴を見回す。

饕金の披子が衣擦れの音をたっぷりと立てて、それが明鈴の朦朧《もうろう》とした頭に響いた。

彼女もまた鼻と口を紫色の衣で覆い、くぐもった声で語りかけてくる。

「だが、今からする質問に正直に答えんと、さらに苦しくなるぞ。ほれっ」

皇太后は後ろにいる蒼花からあの狻猊の香炉を受け取ると、蓋を開けて明鈴の前に出す。

「やめて……あ、うっ……ああっ……」

他に意識を集中することで何とか抑えていた欲望が、また猛烈な勢いでこみ上げてきた。

――あぁぁ、この疼き……何とかしたい……触りたい……触りたいのに！

明鈴の肌からは玉のような汗が流れていく。

「お願い……やめて……おかしくなって……しまう……」

息がおかしい。言葉を上手く話すこともできない。

疼く。疼いて、疼いて仕方がない。

――誰かに……身体を……鎮めて欲しい……琥燈様！

明鈴は咄嗟に琥燈の姿を思い浮かべていた。

あの力強く、奪うような激しさが今は欲しい。欲しくて、欲しくてたまらない。

「よく聞くがいい。答えれば、気持ちよくさせてくれようぞ。相手はわからんかもしれんがな、ひっ、ひっ、ひっ」

皇太后の声が遠くに聞こえてくる。

「あやつは何を知っている？　どこまで知っておるのじゃ？」

「……あやつ……とは誰のこと、です？」

「決まっておろう。皇帝、琥燈のことじゃ」

――――皇帝……琥燈様……ああ、琥燈様。

その言葉に明鈴の身体が反応し、びくっと震える。

「琥燈は何を知っていて、何をおまえにさせようとしていた？　さあ、全部言ってしまえ。さすれば恍惚が待っておるぞ」

「……何も知りません……知らない」

「香が足りないようだね？」

正直に答えたのだけれど、皇太后を怒らせてしまったようだった。

再び香炉を手にすると抵抗できない明鈴の前に置く。

「あっ！　ああっ！　やめ、て……ううう……」

むず痒さが、疼きが、がくんと強さを変える。明鈴は無意識に身体を動かして、苦しさから逃れようとする。けれど、鎖がそれを阻止した。

「本当のことを話さないからじゃ。もう一度聞く。お前はわたしの計画の何を知っている？　そして、琥燈から何を頼まれた？」

唯一自由な首を、明鈴は左右へ振った。

けれど、その反応に皇太后は激昂《げきこう》した。

「まだ話さないのかい、この娘は！　痛めつけられたいみたいだね！」

皇太后は後ろに控える蒼花に香炉を返すと、代わりに短剣を受け取る。

儀礼用のものだろう。鞘は瑪瑙《めのう》、琥珀《こはく》、瑠璃《るり》などを黒曜石に嵌め込んだ象眼細工で、薄暗い牢の中でも妖しく光る。

「これでたっぷり可愛がってあげるよ」

皇太后が短剣を鞘から抜く。シャキンという音がして、翡翠《ひすい》を磨いて作ったであろう黄金色の刀身が露わになった。

実用しない剣とはいえ、その刃は鋭く研がれている。

「……うっ……あっ！」

容赦なく、皇太后がそれを左右に薙《な》ぐ。

明鈴の襦裙がスパッと斬られ、胸や腿が露わになる。

「あ、あ……」

——冷たい……だけ、なのに……あっ！

夜気が肌に直接触れただけで、明鈴は身体を痙攣させた。全身が敏感になりすぎて、どんな変化も刺激となって返ってきてしまう。

「どうじゃ？　話す気になったかい？　それともさらに辱められたいかい？」

切っ先を首元に向け、皇太后が問う。

「私は……本当に……何も、知りません……いきなり後宮に、呼ばれた、だけで……陛下から、何も、命など、受けて……いません」

「嘘も大概にするのじゃ！　そんなことを誰が信じるというのかい？」

今度はその冷たい刀身を露わになった明鈴の腿に押し当ててくる。

「あっ、ああっ！」

今の明鈴にはそれが耐え難いほどの刺激だった。

腰が勝手にびくびくっと震えてしまう。

「そなたが動いたことで、わたしの手駒が次々と後宮から追い出させることになったのじゃ。知らないとはいわせないよ」

「それは……知らない、こと、です……私も何が……起きているのか、知り、たかった……」

「強情な子じゃ。もっと辱められないと駄目かい？」

もう片方の手に持っていた扇子を、明鈴の露出した胸に走らせる。羽根で作られたそれはチクチクとこれ以上なく敏感になっている肌を嬲《なぶ》っていった。

「ん、あ、あああっ！　あっ！　やめ、て……」

淫らな身体が刺激を求め、蠢《うごめ》く。

勝手に全身をくねらせると、繋がれた鎖の音が牢に響いた。

「さっさと吐くんじゃ。わたしは忙しいんだよ」

刀身が腿から上へと動き、同時に扇子が激しく胸を嬲る。

「あっ、あっ、あっ……やめて……あぁ！」

一気に達してしまいそうなほどの刺激に、明鈴は嬌声をもらした。

どうしてこれほどに淫らな身体になってしまったのだろう。

我慢できない。もう終わりにして欲しい。

「知らずに利用されていただけ、なんて嘘は通用しやしないからね」

――利用されていた？　私が……？

彼女の言うことなど耳を傾けてはいけないと心では思っていても、香のせいで皇太后の言葉が頭に響いていく。

――優しくしてくれたのは、守ってくれていると思っていたのは、自分の手駒として動かすため？

悲しさが胸から溢れてきてしまう。

――彼を信じようと思ったのに、信じていたのに、利用された……。

「どうやらこんなものでは話す気はないようじゃな。だったら、仕方ない」

「……っ！」

皇太后が手を上げて合図をすると、暗がりから三人の男が進み出てくる。

――どうして後宮に男の人が……。

――しかも帯剣……格好も異国の人？

男達は明らかに水犀国の者ではないと思われる見た目をしていた。

三人とも毛皮のついた軽鎧《けいがい》を身に着けた武人で、腰に差さった曲刀を揺らしながら近づいてくる。

浅葱《あさぎ》色の衣をした目の吊り上がった軍師風の男。

髭を生やした飾り立てた身なりの好色そうな文官風の男。

そして、ひときわ恰幅の良い将軍風の男。

野蛮な笑みを浮かべながら、枷に囚われ、襦裙を裂かれた明鈴を見ている。ねっとりとした視線が身体に絡みついて、恐怖に震えた。

――何？　この人達は、一体どうやって入って、何をしようとしているの？

皇太后が引き入れた異国の男達、口にしていた計画という言葉。何かを企んで……。

――駄目、何も考えられない。思考がまとまらない。

「こいつはちょっとした余興じゃ。この娘、好きにするがいい」

――そんな……。

これから身に降りかかる恐怖に愕然としていると、皇太后は明鈴の手を拘束していた枷だけを外した。そして、またあの香炉を手にすると、たっぷりと明鈴に嗅がせていく。

「あっ……あっ……ああっ……」

腿が震え、全身が疼く。

触りたい。触って、楽になりたい。

――あ、駄目っ……あらがえ……ない。

「……ああっ！」

明鈴の手は耐えきれずに、自らの秘部へと触れた。指先が布の上からわずかに触れただけなのに、快感が身体を駆け抜ける。

動物をつなぎとめた鎖のように、残った足の長い鎖が地を這う音を立てた。

そして、一度触ってしまうと触りたいという欲求は膨らんでいく。

「ひひひ……まるで三人の男達を誘惑しているようだね」

皇太后は明鈴の様子を嘲ると、明鈴から遠ざかっていく。

「滅茶苦茶にされれば、あとですべて話したくなるじゃろう。蒼花、堕ちたら教えるのじゃ。それまで、そなたは見張っておれ」

「はい、皇太后様」

明鈴の前に男達を残し、皇太后は牢から去っていく。

「ああ、その娘が堕ちても満足できなければ、蒼花妃も犯してよいぞ。ちょうどよく媚薬が効いているようじゃしな。ひっ、ひっ、ひっ」

皇太后の非情な言葉を聞いても、蒼花は眉をぴくりとも動かさなかった。

苦しそうに息を吐き続けるだけ。

「さて、娘よ。辛かったであろう。今楽にしてやろう」

男の一人、文官らしき男が嫌な笑みを浮かべながら言う。

三人がじわじわと明鈴の身体に近づき、手を伸ばしてくる。

「いやっ！　やめて……来ないで……近づかないで！」

漆黒の髪は乱れ、香の効果で身体が悶《もだ》える。それでも明鈴は、瞳に激しい怒りを滲ませて、男達を睨んでいた。

「いいねぇ、その顔。戦での略奪を思い出し、滾る。壊れるまで犯してやる」

将軍らしき男が最初に明鈴の身体に触れようとしたその時、光るなにかが飛んできて、彼の手に刺さった。

「痛っ！　手が……手が……」

短剣が男の手のひらに刺さり、貫通している。

「明鈴に触れるな！　一度でも触れれば後悔することになるぞ！」

琥燈の声だった。

彼は牢の入り口から駆けてくると、慌てて曲刀を抜いた二人と、構えた長剣の刃を合わせる。

琥燈が咆哮《ほうこう》した。

「は――――あっ！」

ギンッと金属が触れ合う音がして、二本の曲刀を交差して重ねるように、衝撃のある剣戟《けんげき》が琥燈から繰り出されて――――。

「ぐっ……こ、こいつは……！」

「なぜここに、皇帝が――――うっ……誰も来ないと、謀《はか》られたのか……」

軍師と文官が、琥燈の攻撃の勢いに腕を押さえながら弾かれていく。

素早く明鈴と男達に割って入った琥燈の背中が、目に飛び込んできた。

――な、ぜ……？

それ以上の感情は湧かなかった。

敵だとも、味方だとも思わない。

明鈴を利用した皇帝がそこにいて、なぜか明鈴を守っている。

その時、短剣を手のひらに刺したまま、ゆらりと将軍が立ち上がったのが明鈴の視界の端へと映った。

――危ないっ！

明鈴が心の中で叫ぶよりも早く、琥燈が将軍の肩へ長剣を突き立てて壁に串刺しにする。

「ぐわぁぁぁっ！　おれの腕が、腕がっ！」

絶叫が響いた。

明鈴の視界からは、男達の姿がすべて消えて、代わりに琥燈の逞しい背中だけが映る。

そして彼がゆっくりと振り返り、燃えるような双眸《そうぼう》が現れる。

「無事だな、明鈴」

琥燈の言葉に、ただ明鈴は頷く。やはりそれ以上の感情は湧かなかった。

「お嬢様！」

――陽桜！

入り口のほうからもう一人覚えのある声が聞こえてきて、明鈴はやっと安堵した。

陽桜のそばには琥燈の側近や兵達がいる。霊廟で明鈴が気を失った時、陽桜は必死に逃げて助けを呼んでくれたに違いない。

「手を出すな。こいつらは俺が絶対に捕まえる。逃げられないように出口を塞いでおけ」

琥燈は部下達にそう告げると、まだ戦意をなくしていない男達に対峙した。

しかし、その手には何も武器を持っていない。短剣は先ほど投げてしまっていたし、身に着けていた長剣も将軍の肩へと突き立ててある。

「覚悟っ！」

その隙を逃さないような男達ではなかった。

気合いの声を発すると同時に、二人が曲刀を手に襲いかかってくる。琥燈はそのうちの一人、文官らしき男の懐にもぐりこむと、手首を摑み反動のままに投げた。

どんっと重い衝撃音――――。

「が、あっ……」

勢いのままに床へと叩きつけられた男は、意識を失う。

琥燈は止まることなく、肩から長剣をやっと抜き、手のひらに刃が貫通した痛みに悶えながらそれすらも抜こうとしている将軍から、自らの短剣を素早く抜いて回収する。

それでもう一人――――軍師の剣を受けた。

先に抜かれて床に転がる長剣を拾っていたら、間に合わないぎりぎりの速度。

そのままはじき返し、軍師が体勢を崩したところで、みぞおちに柄《つか》で打撃を与える。

「ぐはっ！」

身体を曲げて、軍師は崩れ落ちる。

最後によろよろと向かってくる将軍の頭を容赦なく蹴り上げ、気絶させた。

琥燈の流れるような動きに男達三人は為す術もなく、瞬く間に意識を刈り取られる。

「殺しはしない。明鈴のことを考えると殺してやりたいぐらいだが、皇太后との繋がり、残らず吐いてもらうからな」

部下に指示させ、男達を外へと連れていかせる。

けれど、意外にもそこにいた蒼花が声を上げて、状況のすべてをかぶった。

「すべて……わたしの独断でやりました。皇太后の地下室、無断で……使いました」

香に蝕《むしば》まれてしまった身体を震わせ、自らを腕で抱きしめながら告げる。

「ちっ……こいつも連れていけ」

蒼花も大人しく宦官達に連行されていく。

残ったのは琥燈と陽桜と明鈴だけになった。

「大丈夫だったか？　安心しろ、もう済んだ」

琥燈が足枷を外そうとする。

けれど、明鈴はその腕を指が食い込むほどに掴んで止めた。

「琥燈様……私を……騙した……の？　利用された……の、私？　答え、て……」

「その話はあとにしよう。今は――」

「いいから……答えて！」

香に侵され、悲しみを溢れさせていた明鈴は感情を琥燈にぶつけていた。

「そんなつもりはない……だが、結果的にそうなってしまったことは認める」

「ひどい……信じていたのに……信じようとしていたのに……ああっ！」

拳で琥燈の腕を叩いたけれど、力は入らなかった。代わりに触れてしまったことで、快感が走り、腰を震わせる。

「大丈夫か、明鈴……これは……媚薬か」

錯乱気味の明鈴を見て、琥燈が顔を歪める。

「お願い……苦しいの……楽にさせて……もう嫌なの……助けて……貴方が私に……させたんでしょう？　だから助けて……早く……壊れ、て……しま、う」

腿を擦り合わせ、潤んだ瞳で琥燈に訴えかける。

「まずい。媚薬を吸い過ぎている……俺が何とかするから、人払いしてくれ」

琥燈の言葉に、宦官達は頷くと牢から出ていった。最後、陽桜が心配そうな顔で振り返り、他の者達に急かされたのが見える。

「あ、あぁ……もう……駄目っ……我慢できない……」

明鈴は、自らの秘部に直接触れようと手を伸ばそうとした。

けれど、届く前に琥燈の手が阻む。

「どう……して？」

「俺がお前を受け止める。だから、そんなことはしなくていい」

頬を両手で摑まれ、唇を押しつけられていた。嫌だと顔を振ろうとするも、塞がれ、舌が入ってきて、逃れることができない。

自分のものではない熱が吹き込まれ、ちょろちょろと舌が卑猥に口内を蠢いた。乱暴に触られ、明鈴の弱った舌を見つけるとそこに絡みつく。

「んっ……あっ……んんっ……」

苦しくて、吐息がもれる。

舌はそれでも離してくれなかった。くちゅくちゅと口内で何度も何度も追ってきて、誘うように触られる。搦《から》め捕られる。

濡れた赤いものが、自らの身体を重ね合わせ、淫靡な踊りをする光景が明鈴の頭の中で浮かんでいた。それはとても興奮して、今までの切なさが軽減されたけれど、身体の火照りは増すばかりだった。

「は、ん……あぁぁぁ……」

快感と刺激に力を失い、すぐに明鈴の瞳はとろんと蕩《とろ》けたようになり、抵抗の意識は完全に消えてしまった。

口から淫らさを注がれ、琥燈にじわじわと支配されていく。

「快感に溺れさせてやる。媚薬が抜けるまで付き合う」

唇から離れると、すぐに胸と下肢に琥燈の手が伸びた。

「……あっ、んっ、ああっ！」

唇をやっと解放されて、息を大きく吸い込む。

けれど、今度は胸の蕾を琥燈の唇が吸い、甘噛みされた。秘部にも瞬く間に正確に指が明鈴の花芯に伸びて、やわやわと擦り出す。

「あ、あ、あっ……ああっ！　そこ……もっと……」

やっと望んでいたものを与えられ、明鈴は喜びの声を上げた。

琥燈の指は小刻みに動き、包皮をはぐと露わになった花芯自体を触り出す。神経がむき出しになったそこは、指の腹で弾かれただけで腰がびくっと跳ねるほどの快感が生まれた。

彼は少しずつ刺激を強くしながら、指で明鈴の淫芽を弄ぶ。

腰が淫らにガクガクと震えてしまう。それほどの刺激で、休む暇もなく、最も敏感な場所を触られ続けた。

「あぁぁ……あ、あ、あぁ……今度は胸も……んっ！」

舌が胸の蕾を嬲り、甘噛みされていた。

びくんと鋭い刺激が走り、乳首がじんじんと熱を持つ。

——先ほどまでは……舌でだけだったのに……。

「あ、ああっ！　あっ！」

一度止んだかと思うと、隙を突くようにして琥燈の口が胸を噛む。すでに媚薬で敏感になり、硬くなっていた蕾は、興奮を示すかのようにツンとしている。

「ん————あっ！　んんっ！」

今度は強く吸われ、甘噛みを断続的にされた。

予測できない刺激に全身が悶え、びくびくと震えてしまう。胸の先端はそれでも琥燈からの刺激を求めるように熱くなっていた。

「お前の身体は俺が満たす」

「あ、あぁ……あああ……あぁあああっ……」

痛みが残っているからか、今度は舌でざらっと先端を舐められても身体が跳ねる。その後も琥燈は舌を小刻みに動かし、時折甘噛みして、明鈴の身体を襲った。

あまりの快感の連続に明鈴の口は半開きになり、つうっと糸を引く。ただ、それでもまだ身体は満足していない。

もっと激しく、達するような刺激が欲しい。

「挿れて……中から……刺激して……欲しい……」

我慢できなくなった明鈴は、普段ならば絶対に言わないだろう言葉を口にしていた。

わかっていても止まらない。

欲望が、身体の疼きが次々とこみ上げてきて、止まらない。

「貴方のせいだから……貴方のせいでこうなったから……責任……とって……」

琥燈を傷つけるような言葉が勝手に出てきてしまう。

感情が香によって勝手に高まり、嘘をつかれ、利用されていたことの悲しみと怒りが明鈴の中に渦巻いていた。

「……俺のせいだ。だから俺を憎め。もっと憎め」

琥燈はそれさえも受け止めると、さらに激しく明鈴の身体を刺激し始めた。背中側に回り込むと、後ろから手を伸ばし、乱し始める。

「は、あ、あっ！　ぁんっ！」

散々弄ばれ、火照っていた胸の先端を指先で強く摘まれた明鈴の甲高い声が、牢の中に大きく響いていく。

もう片方の琥燈の手は、先ほどと同様に秘部へと伸びていく。

「あ、あ、あっ！　触って……そこ……！」

指先が膣へと到達し、剝かれたままの花芯を引っ搔く。今度はそれだけでなく、花芯を親指で刺激しながら、ずぶりと人差し指が媚裂に埋められていく。

蜜があふれ出し、彼の指を淫らな艶色に染める。

「あ、あ、あああ！　入ってくる……！」

くちゅっと音がし、蜜をこすりつけながら指が膣腔へと挿入されていく。

指先が膣襞に触れ、また新たな快感に身体はびくびくと震えた。

明鈴は身体を支えることができずに、前へと倒れ込む。それを琥燈の淫らな手が支え、陵辱を続けていく。

「ひどい……信じていたのに……あっ！　あっ！　あっ！」

快感に悶えながらも、明鈴は琥燈の言ったとおり彼を憎んだ。

頭の中は真っ白で考えることができない。あるのは快感を求める欲望と、彼への怒りだけだ。

「ああ、それでいい。俺を憎め」

彼の膣へと埋めた指が前後に動き出す。膣壁を爪で擦りながら、蜜を掻き出すかのように抽送を繰り返した。

指はまるで熱杭のように熱く、硬く、欲望を満たしていく。明鈴は膣洞をひくひくと震わせて、何度も軽い絶頂を感じていた。

指に合わせるかのように腰が勝手に揺れてしまう。

膣が引き込むように、指が奥へ奥へと入っていってしまった。

「……ん、あっ、んっ！　あああっ！」

何度も指が抽送するので、何もない牢に蜜をかき混ぜる淫らな音だけが大きく響いていく。

さらに明鈴の淫らな声がそこへ混ざり合っていった。

音も、匂いも、何もかも牢にあるものすべてが淫らなもののような気がしてきてしまう。けれど、媚薬で欲望をすべて引き出され、増幅されていた明鈴にはそれでも足りなかった。

「もっと……もっと……激しく……私をこの苦しさから解放して……！」

膣が琥燈の熱杭の感触を覚えている。挿入された指先をぎゅっと締めつけ、違うことに気づいて、より淫らなものを求めた。

「ああ、もっと激しく犯してやる。お前が望むよりもずっとな」

「……あ、んっ！」

後ろから耳朶《じた》にかみつかれ、囁かれる。

その感触はとても甘美で、淫らな声がもれた。

「あ、あ、ああっ！　来る！　入ってくる！　今度こそ……」

琥燈が明鈴の上半身を地面につかんばかりに、手で押しつけると、突き出された秘部へと熱杭を押しつけてきた。

強引に、しかし、秘部はたっぷりと蜜を含んでいたので痛みなく、熱杭は奥まで一気に明鈴の秘部を貫いた。

膣襞を擦り、膣奥に到達して、硬く、穿った肉棒が明鈴の芯を突く。

「あっ、あああっ……あ――――！」

それだけで、明鈴は軽く達してしまう。

背中を反り返らせながら、大きく淫らな声を発した。

まるで自分が動物になってしまったかのようだったけれど、こんなにも硬く、熱く、逞しい肉杭を入れられては、今の明鈴にはあらがいようもなかった。

「あ、んっ……んっ……ああっ……」

これで満足しないのを知っているかのように、間髪を容れずに琥燈が腰を振り始める。

ずぶずぶと何度も膣を貫くようにして、後ろから明鈴は犯されていた。そう思わせるかのような琥燈の激しさだった。

腰で尻を叩くようにして、熱杭が押しつけられ、入り口付近から奥までを駆け抜ける。

膣襞は引っ張られ、膣壁は削られ、膣奥は突かれる。それらを繰り返し、力を変え、速さを変え、琥燈は明鈴を責めた。

蜜は快感と刺激に応じて溢れだし、二人の間を満たしていく。

媚薬でおかしくなっていた身体でも、琥燈と繋がる喜びは同じで、震えた。

「あうっ！　あっ！　ううっ、あっ！　あぁああっ！」

激しくされることで、快感が昇華されていく。

怒りが矛先を見つけ、発散される。

明鈴の中にはそれでも快感への欲望が残った。

「……明鈴⁉」

驚く琥燈の声が聞こえたけれど、明鈴はそれがわからなかった。

身体が求めるままに快感をむさぼっていたから。気づけば、自らも四つん這いの姿で腰を振り、肉棒を抽送していた。

「あっ、あっ、あっ……すごいっ……あぁっ……」

自分から動くことで、琥燈との動きと合わさって、快感が倍増する。

しかも、二人の波長は徐々に合っていき、さらに刺激が増していく。

「ん、あっ……あ、あああっ！　あ———っ！」

さっきから小さな絶頂が止まらなかった。

背中を弓なりに反らし、何度も痙攣しては肉棒を強く締めつける。

それを何度も、何度も繰り返す。

ここに来て、明鈴の身体からは徐々に媚薬の効果が抜け始めた。しかし、一度ついた火は簡単には消せないもの。

腰は自分の一部ではないかのように、前後への動きを止めなかった。

肉杭に向かって自ら、淫らな踊りのように腰をくねらせ、何度も突き立てる。

「……ぁんっ！　あ、あぁっ！　んぅん！　あぁん！」

淫らな声、荒い息、蜜の混ざる水音、それらが強く牢に反響する。

快感と刺激が激しく混ざり合ったものが明鈴の頭の中を駆け巡った。

――憎んでいた……彼を……なのに……私の身体は……。

快感を求める欲望は喜びに代わり、身体を跳ねさせる。

肉棒を求めて、膣襞は一時も離したくないと抱きしめた。そこを肉杭が鋭く擦り、入り口から奥までを犯していく。

「……っ！」

散々、軽い絶頂による締めつけに耐えてきた琥燈から、耐えるような声がもれた。

それが合図かのように腰の動きが意思を失い、明鈴の媚裂の中を暴れていく。一定だった抽送が乱れ、さらに快感を与え、快感を上りつめていく。

――あぁ……感じる……琥燈様を……感じる……！

「うっ、あっ、ああっ……うっ……ああ！」

快感が溢れてくる。

衝動がさらっていく、すべてを……。

奥からこみ上げてくる絶頂感を覚え、明鈴は自らも思うがままに腰を振った。箍《たが》が外れたかのようにお互いが腰を擦り合わせ、突き合う。

膣奥の奥を、膨れあがった肉杭が刺さり、何度も突く。その刺激に、明鈴はたまらずびくびくと痙攣し始めた。

「あ、あぁぁ……もう……達してしまう……あぁぁぁ……」

声を上げて、絶頂に到達したのはやはり明鈴が先。

媚薬で散々敏感にさせられた神経が焼き切れたかのように絶頂の快感を伝えてきて、それが全身へ波のように広がっていく。

それは当然熱杭が絡み合う膣肉にも届き、強く、離さないという意思のように締めつけた。

「……くっ！」

耐えきれなくなった琥燈もあとを追うように、力を失った。

硬く穿っていた肉杭が、明鈴の中へと立て続けに熱を放っていく。

「あ、ふ、あ……あああっ……あっ……」

明鈴は琥燈の精が自分の中を満たす感触に悶え、もう連続で達した。身体を激しく痙攣させ、快感を表現する。

あとに残ったのは、気だるいを通り越して、強い脱力感だった。

それに……悲しみ。

媚薬から解放された心には、騙され、気づかぬうちに手駒として利用されていたことに対する悲しみが残っていた。

――私は……この人に……騙された？

精を放ち、熱い吐息を背中から投げかけてくる琥燈の存在。

今まではその真っ直ぐな情熱が、恥ずかしくも嬉しいものだった。けれど、今は……。

「媚薬が抜けたようだな。侍女を呼ぶ。身体を冷やさないようにして待っていろ」

おもむろに熱杭を引き抜くと、自らの衣を脱いで明鈴にかける。

そのいつもの優しさも今はどこか疑ってしまう自分がいた。

# 【第六章】デートは山中露天風呂!? 皇帝の小旅行アプローチ

先日の事件のあと、明鈴はしばらく誰も信じられそうになくて、自らの房間に籠もることが多くなっていた。

毎日のように琥燈や他の妃嬪達が会いに来たり、花見や宴にも誘われたけれど、そのすべてに丁寧な断りを入れる。

「お嬢様、今夜は久しぶりに陛下主催の大きな宴が催されるそうですが……」

陽桜が寝台から出てこない明鈴を気遣いながら、控えめに声をかけてきた。

その優しささも今は少し辛く感じてしまう。

「私がいかないと、貴女達もいけなくなってしまうわよね？」

やっと気持ちが少し落ち着いて、他人のことを気遣う余裕が出てきた。それでも、宴に出て皆と話したり……琥燈の顔を見たりする気分にまではなれない。

「いいのです。このぐらいではわたくし達の侍女の明鈴様に対する忠誠心は揺らぎません」

とてもよく働いてくれているのはわかっていたけれど、だからこそ少し息抜きをさせてあげたい。

「顔見知りの妃嬪に書簡で貴女達を連れていってくれないかお願いしてみる。たまには楽しんできて」

親切そうな妃嬪を選び、彼女達に書をしたためる。他の妃嬪の付き添いということならば、明鈴の侍女達も宴に参加できるはずだ。

「それが明鈴様の望みでしたら、わたくしはご意思のままにいたします」

一人にして欲しい、という口に出していない気持ちも伝わってしまったのだろうか。陽桜は書簡を受け取ると恭しく頭を下げて去っていった。

辺りが暗くなり、星が空を照らし出す。

明鈴は寝台に横たわり、四角い窓から見える皓々《こうこう》と輝く満月を一人見ていた。

撫子《なでしこ》色の襦裙は袖にだけ柘榴《ざくろ》の柄が、貝殻粒によって描かれている。帯には皮球花《ひきゅうか》が気泡が湧くように円を作っているが、その泡のような薄い模様は拠り所を知らず、弾けて消えるか、小さくなって消失するのかわからない明鈴の心のよう。

「今頃、私が流行らせてしまった短い衣で誘惑されているかも……」

微かに笛や弦の音が聞こえてくるので、宴はすでに始まったのだろう。琥燈が他の妃嬪達と酒をかわし、言い寄られていると思うと、またもやもやとした気持ちがこみ上げてくる。

「いや、あれはお前以外が身につけても、俺がお前のことを思い出すだけだ」

「……えっ！　琥燈様⁉」

いきなり、房間の暗闇から声が聞こえてくる。

明鈴にはその声が、すぐに琥燈だとわかってしまった。

「驚かしてしまったか？」

「なぜ、ここに？　宴は？」

思わず、質問に質問で返してしまう。

「抜け出してきた。お前のいない宴など意味がないからな。それに、あれは、もともとお前を一人にする口実だ」

「どういうことです？」

後半の意味がわからずにまた尋ねてしまう。

「優秀で主思いの侍女達だな。何度、俺がお前の寝所に入れろと言っても断固として引き下がらなかった。しかもどの侍女もだぞ。だから、宴でおびき寄せたというわけだ」

明鈴が侍女達を他の妃嬪につけて、宴に出席させることも読んでのことだろうか。

さすがにそんな思惑があるとは思いもしなかったので、唖然とする。

その隙をつくように、琥燈は寝台に腰かけてしまった。

彼の目が細められて、明鈴の髪へとそっと置かれる。

――――好き、なのかな？　髪。

明鈴の闇に紛れた長い黒髪を、琥燈が優しく梳《す》いている。

彼の姿は月明かりに照らされて、見惚《みと》れるほどに凜々しかった。

胡桃《くるみ》色の落ち着いた袍には、さりげなく天馬行空《てんばこうくう》の絵柄が刺繡してあった。近づかないとわからない、さりげない意匠《いしょう》。

「ふさぎ込んでいるようだな。あの件か?」

彼の問いに、明鈴は正直に頷いた。

「誤解を解かせてはもらえないか?」

今度は首を左右に振った。

――わかっているから。琥燈が騙していたわけではないから。

頭ではすでに琥燈が自分をわざと利用していたとは思っていなかった。

冷静に考えれば、後宮を上りつめれば自由をやるとは言われたけれど、何をしろとは一度も言われていない。

たまたま妃嬪達が明鈴を失脚させようと毒や罠を仕掛けてきただけ。

わかっていても、心ではどうしても裏切られたという気持ちが拭えなかった。それならそうと、最初に話して欲しかった。

――ああ、そうだ……私。

つらくて怖い思いをしたせいではない。

――利用されたのが嫌なのではない、話してくれなかったのが嫌だった。

彼の顔を見て、自分の心が何でふさぎ込んでいるのかがやっとわかった。

「望みはあるか?　何だろうと叶えてやる」

——それは皇帝として？　それとも琥燈として？

つい聞きそうになるけれど、無意味なことだと口を閉ざした。

「……後宮を出たい」

閉じこもるのも、感傷に浸るのも疲れた。

こんな苦しい思いをするなら、もとの生活に戻って、鄧桃天心楼に戻って、無我夢中で働きたい。

それが逃げていることだとはわかっている。でも、後宮の景色はいつも同じに見えて、上手く気持ちを切り替えることができない。

「わかった。手配しよう。だが、最後に一カ所だけ付き合ってくれないか？　お前と行きたい場所がある」

琥燈の表情は、いつになく真剣に見える。

だから一度ぐらいは、と明鈴は頷いた。

「どこへ行くの？　後宮の中？」

「思い出だ」

謎かけのような答えが返ってくると同時に、逞しい力で身体が引き下ろされる。

「えっ!?　今すぐなのですか？」

「嫌なら、一晩だろうとお前の枕元にいるぞ」

その意味に気づいて、顔が赤くなる。琥燈の言葉や動作に頬が熱くなるのも、久しぶりのことのように思えた。

「嫌とは一言も口にしていません。驚いただけです」

「少し元気になったな」

ふっと笑うと、琥燈は明鈴の身体を両腕で持ち上げた。彼の腕の中へとすっぽりと収まる。

「琥燈様！」

「こうでもしないとお前は出ていかなそうだからな。首に掴まって、じっとしていろ」

さらに頬を赤くして非難したけれど、琥燈は歩き出してしまう。

――もう、いつも強引なんだから。

仕方なく、明鈴はそっと琥燈の首に腕を回して……少し強く締めてあげた。


琥燈と同じ馬に乗せられ、天花宮のさらに後ろ、城の最奥にある玄武門《げんぶもん》から出る。

正門とは反対にある北門は、まず開くことがないと言われていたのだけれど、琥燈が皇帝の印を守備兵に見せると、通ることができた。

きっと都が襲われ、逃げる時などに使うものなのだろう。

玄武門から外に出ると、琥燈はさらに後ろに聳《そび》える山を登っていく。

明鈴は不安になってどこに行くのかと何度も聞いたけれど、琥燈は「行けばわかる」の一点張りで教えてくれない。

やがて馬に乗せられて――。

長い長い、無言の旅。

――――どこへ行くのだろう？

深い興味は持てなかったけれど、考える時間が多いと、疑問ぐらいは感じてしまう。

琥燈は黙ったままで、真剣な顔をしているし……。

仕方なく、馬上でも彼の腕の中に収まっていると、やがて視界が白く染まり始めた。

「これって……」

初めは深夜に霧が出たのかと考えたけれど、違う。白いものは湯気で、目の前に温泉地が広がっていた。

「温泉旅にきた」

「温泉が――――山の中に湧いているの？」

前に屋根の上で話したことを琥燈が覚えてくれていたのだと、明鈴はすぐに気づいた。

琥燈は供の者を下がらせると、馬を温泉の前にある庵《いおり》らしき場所へとつけた。

「すごい。山の中にこんな場所が……」

そこは思わず、声を上げてしまうほどに素敵な見た目をしていた。

古びた褐色の石造りの建物ではなく、どこか異国情緒ある洒落た見た目。

真っ白な石を使った楼門《ろうもん》をくぐると、灯籠が左右にずらりと置かれた階段を琥燈に手を取られ、上っていく。すると、明かりに照らされ黄金色に輝く二段の屋根がある宿につく。

その姿は前世で憧れていたお洒落な隠れ宿そのものだ。

「こんな感じか？」

琥燈の言葉に、明鈴は首を二度縦に振った。

もしかして、これは事前にあったものではなく、彼が自分のために造らせたものだろうか。

きっとそうに違いないと思った。

「そうか、よかった。俺はお前の……かれし、だったか？　だからな。後宮からお前が去ると聞かされた別れ話の前に思い出づくりをしようと思った」

――彼氏？

発音は少し違うけれど、前に一度話した時のこちらでは聞き慣れない言葉まで琥燈は覚えてくれていたみたいだ。

まだ温泉に入っていないのに、胸がぽっと温かくなる。

「入れ、中も見てくれ」

短くそう言うと、明鈴の手を引っ張って庵へ入っていく。

中も皇帝が使うだけあって、後宮内と遜色《そんしょく》がないほどの素晴らしい見た目をしていた。

ゆっくりとくつろげるように広い房間内には寝台のような柔らかそうな長椅子があり、大きな卓も置かれている。見事な水墨画に囲まれ、活けられた花の良い香りが漂う。

「食事も運んで卓へ並べられるようにしたし、さらに奥から温泉に入れる」

驚く明鈴が心底気に入ったのか、上機嫌で琥燈が庵内を連れ回す。

「待って。そんなに急ぐとゆっくり見られない」

引かれ続けていた手を明鈴は少し自分のほうに引き寄せた。

「お前と温泉にゆっくり浸かりたい。ここはおまけだ」

その割には嬉しそうにしていたけれど……。

笑顔の琥燈を見ていると、なんだか明鈴もふさぎ込んでいたことを忘れて、楽しくなっていた。本当に彼氏と温泉旅行に来た気分。

「さあ、ここが風呂だ」

房間を幾つか通り抜けると、中庭のような場所に出る。

門と同じ綺麗な白い石で囲った場所に、湯が滾々《こんこん》と湧き出ていた。建物はコの字のような形になっていて、正面だけが開けていて景色を見ることができる。

「気に入ったか？　身体を冷やす前にさっさと衣を脱いで入ろう」

自らの衣に手をかけようとした琥燈の様子に気づき、明鈴はくるりと後ろを向く。

「ま、待って……もしかして一緒に入るの？　しかも裸で？」

水犀国では、肌を他人に見せることを極端に嫌う。公衆浴場のようなものは当然ないし、水に入る時は薄く長い浴衣のようなものをつける。

辺りを見たけれど、それらしきものは一切ない。

「もちろんだ。お前が一緒に裸で入ると言っただろう」

確かに言ったかもしれない。けれど、幾ら身体を何度か重ねている相手とはいえ、琥燈の前で、しかも半分野外のような場所で裸になるのは、明鈴には難易度が高すぎる。

「そうか、衣を侍女なしで脱げないか。俺が脱がせてやろう」

「自分でできます！　そ、そうではなくて……」

きっぱりと断ったけれど、恥ずかしがっているだけだと琥燈は思ったみたいだ。

「遠慮するな、俺はおおいに構わないぞ。なかなかの趣向だ」

「私が構いますし、趣向ってなんですか。本当にこのぐらいの衣なら一人で脱ぐこと、できますから」

近づいてきた琥燈に、止まってと手を突き出す。

「だったら、俺の衣を脱がしてくれ」

また琥燈に無理な要求をされてしまう。

「なぜ、そうなるのですか？」

「それは、あれだ……前に言っただろう？　お前の口から聞いた」

こればっかりは、琥燈の悪ノリだと感じる。どさくさに紛れて……！

「誓って、言っておりません。脱がすのも、脱がされるのもです」

さすがにこれだけ言われたら、琥燈も諦めたようだ。

芝居掛かった調子で彼ががっくりと肩を落とす。

「……すぐに行きますので、先に入っていてください」

一緒に入らない、何か着て入るなどとは言えなくなってしまう。

それが琥燈の狡賢い罠で、一つの要求を通すために、もっと難しい要求を囮《おとり》として突きつけられた、ということに気づいたのは、裸になったあとだった。

中から衝立を持ってきて、その裏で衣を脱いだ明鈴はなるべく恥ずかしくない策を立てた。

――――湯気が邪魔してあまり見えないはず。あとは迷わずささっと湯に入って隠そう。

「明鈴、まだか？」

「今行きますから、動かないでください！」

驚いて強めの口調になってしまったことに後悔しつつ、策を実行に移す。

「えいっ！」

衝立から出ると、早足で湯に突入していく。

しかし、さっそく誤算が二つあった。

一つ目は湯気で見えないのはこちらも同じで、湯に慎重に入らなくてはいけなかったこと。

二つ目は、温泉が濁り湯ではなく、透明だったこと。

何とか湯に身体を沈めたけれど、あまり隠すことはできていなかった。

「もっとこっちへ来い。つまらないだろう？」

温泉の奥から声がする。

琥燈からまだ明鈴の姿は見えていないようで、ほっと胸を撫で下ろす。

「恥ずかしいのでここでいいです」

「いいや、駄目だ。なんのために温泉に入ったと思う」

「なんのためって、思い出作りのはずです」

その言い方だと、まるで琥燈が明鈴の肌を見たいがために連れてきたかのようだ。

「いいや、お前と風呂に入るためだ」

「今入っています。同じ湯に」

「来ないなら、こちらから行く」

皇帝陛下に理屈は通用しないようで、ばしゃばしゃと音が聞こえてくる。

慌てて、明鈴は湯に潜ると音からなるべく離れつつ、奥に向かう。

温泉は思ったよりも広い。よく客室についているような広めの露天風呂などではなく、それこそ数十人が同時に入れる大衆浴場のようだった。

中央にとても大きな岩を見つけ、そこに身体を隠す。

「明鈴？　どこにいる？　まさかもう上がったのではないだろうな？　そんなことは断じて許さんぞ。皇帝の命で禁じる」

――どれだけ楽しみにしてたの？　琥燈の喜びのツボがいまいちわからない……。

呆れつつ、仕方なく声を上げる。

「まだきちんと私は湯にいます」

「むっ？　こっちか？」

また琥燈が湯をかき分けてくる音がした。

今度は近くまで待って、岩に沿って反対側に回る。意地悪とわかっていても思わず笑みがこぼれてしまう。

「……俺をからかうとはいい度胸だ。絶対につかまえてやる」

「捕まりません」

童心に返って、二人して温泉で追いかけっこをする。

湯に潜ったり、岩に隠れて進んだりする明鈴に対して、琥燈は動くたびに水音が立つので簡単にわかる。自分が優位だということもあって、楽しくて仕方がない。

「貴方にも苦手なことがあったのね。私一人つかまえられないなんて。子供の時、一度ぐらい隠れ鬼をしておけばよかったのに」

「本当にそうか？」

慢心していたわけではないのに、予測していたのとは反対の方向からいきなり琥燈が現れた。つい先ほど逆側から音がしていたはずなのに。

「これに騙されたな？」

琥燈は手に掴んだ石を、遠くに連続して投げて水音を立ててみせる。

油断させるために泳がされていたみたい。すっかり騙された。

――――そういえば、最初に逃げた時、寝所に誘導されたんだった。

隠れ鬼は、彼の最も得意とすることだったかも……。

「さあ、これで逃げられない」

岩を背にした明鈴の正面に回ると、逃げ場をなくすように顔の左右へ腕をついた。

――――これだと全部、見えてる。

観念した明鈴は、前にある琥燈の身体にも赤面して、顔を横に向けた。

「そんなに恥ずかしがらなくてもいいだろう？　初めてではないのだし」

「初めてとか、何度したとかは、こういったことには関係ないです」

あまりに恥ずかしがる明鈴を忍びなく思ったのだろうか。琥燈が不意に肩を摑んでくると、ふっと位置を交換された。

さらにくるりと半回転され、後ろから抱きしめられる。

「これなら恥ずかしくはないだろう。俺から見えるものはお前の肩とうなじぐらいだ」

結局、明鈴は来た時と同じように琥燈の腕の中に収まっている。裸という点は大きく違うけれど、先ほどまでよりも落ち着くことができた。

しばらく無言のまま、それも嫌だったり焦ったりすることなく、二人だけの心地好い沈黙の時が流れていく。

次に口を開いたのは明鈴のほうだった。

「皇太后とは、御母様とは上手くいっていないの？」

――――お節介かもしれないけれど、あれだけの事件……聞かずにはいられない……。

義理とはいえ、家族と関係が悪いのは悲しいこと。

自然と明鈴はそれまで避けようとしていた先日のことを口にしていた。

心配していた、琥燈のことを。

「実の子ではないからな、面白くはないのだろう。仕方のないことだ。後宮制度があると、どうしてもこういったことが起こる」

怒りや悲しみを表に出さず、他人事《ひとごと》のように淡々と語っている様子がかえって琥燈の無念を強く表しているかのように感じた。

父である万寧に深く愛されている明鈴では、慰めも意味がないように思えてきて、言葉が出ない。

「いっそのこと、俺が本当に不老不死となり、国を治めれば、殺そうなどと考える者もいなくなり、無用な争いもなくなるんだろうがな」

――不老不死……？

琥燈の言葉で、前世の記憶から忠告することがあったのを思い出した。

「不老不死って……もしかして『丹薬』のこと？」

「ああ、薬師が熱心に勧めるので飲んではいるが効き目があるとは思えない。酷い味だしな」

「今すぐ服用をやめてください」

明鈴の口からは思わず前世の時のような言葉が出ていた。

「あれは薬ではなく、毒です。入っている水銀……ではなく、辰砂《しんしゃ》は、摂り続けると危険な状態になります。身体のあちこちに障害をもたらし、そのうち意識まで混濁して最後には……」

水銀は自然界では硫化水銀という鉱物で産出される。別命は辰砂。

一瞬、水銀中毒で死んでいく琥燈を想像し、恐ろしくなってしまった。

「わかった。お前が言うなら二度と口にするのは止めよう」

安心させるように、ぽんぽんと頭を軽く触れられた。

琥燈がきちんと約束してくれたのでほっと胸を撫で下ろす。自分が言わずに倒れられたらと思うと、本当にぞっとする。

「皇太后の件もだ。お前はもう気にしなくていい。二度と巻き込まない」

そんなつもりで皇太后の話をしたわけではなかったのだけれど、琥燈は話を続けた。その顔に決意のようなものを感じる。

「明鈴……明日、後宮から下がるよう手配する」

何も言えなかった。

望みを叶えてくれた感謝の言葉さえも。

二人で語らい湯につかったことで、それが信じられないぐらいあっけなく、望みではなくなりつつあったから。きっと、今日が楽しすぎたのがいけない。

――このまま彼を一人にしていいの？　私は彼の……。

逡巡《しゅんじゅん》していると、琥燈が続ける。

「国が落ち着いたあと、迎えにいく。もし俺を許してくれるならば、こうしてまたかのじょになってくれないか？」

琥燈が抱きしめる腕に力を入れた。本当ならば、この腕から離さないというかのように。

明鈴は頷いた。

嬉しくて、何か言えば泣いてしまいそうで、声を出せない。

「すべてが片付くまで待っていてくれ」

もう一度頷く。

このまま残ると告げることもできたけれど、落ち着くまでは、というのは結果的とはいえ、明鈴を巻き込んだ琥燈なりの責任の取り方なのだろう。

「は、早くしてくださいね。でないと、気持ちは、変わってしまうかもしれないし」

「それは困る。すぐ行くから、俺のことだけ考えていろ」

――それってすごい独占欲……。

でも、強く想ってくれていることが嬉しい。

「……あ、ん――」

強引に後ろから唇を奪われた。

不意打ちだったので、瞬く間に口を塞がれる。それだけでは終わらない。琥燈は唇だけでは物足りないかのように、舌で明鈴のものを愛撫し始めた。

「やっ……だめっ……んんっ――」

熱い吐息とともに、舌が口内へとねじ込まれる。

つがいを探すように舌を求めて、蠢く。すぐに捕まってしまった。

「あ、ん――あ、あ……」

琥燈の熱いものが、明鈴の熱いものをまさぐり、絡み合う。それはとても淫らな口づけで、無意識に卑猥な声を上げていた。

ずっと口を塞がれているので息苦しい。その反面、息苦しさが琥燈にされているものだと思うと……なぜか嬉しいという気持ちが胸にわき上がっていた。

――不思議……こんな強引で……淫らな口づけだというのに。

それが相手を好きということなのかもしれない。

好きな相手とは、もっと自然からされる口づけをずっと想像していた。望んでいた。けれど、今はこの乱暴な琥燈の態度が好ましい。それだけ強く自分を求めてくれているのだと実感できるから。

「……あ、ぅん……琥燈様……こんなところで……」

唇が微かに離れたところで、明鈴は恥ずかしさに声を上げた。

離れたといっても琥燈の唇はすぐにまた獲物を奪おうと、触れるか触れないかぐらいの距離で攻撃態勢を取っている。

「お前と裸でいるんだ。俺が我慢できるわけ――」

「ん、んっ……ん……」

自らが言い終わるのもわずらわしいのか、言葉の途中でまた口を塞がれる。今度も唇の間を縫って、舌が入ってきた。

――舌を合わせるのが、いいのかな？

今の明鈴は琥燈のしたいことを何でもさせてあげたくて、彼の舌におずおずと自分の舌を合わせる。

――あ、ああっ！　すご、い……。

一度互いに絡め合うと止まらなかった。

舌が何度も、何度も合わさり、溶け合う。その感覚はとても淫靡で、彼を近くで感じられた。

もっと、ずっとしていたい、とはしたないことを心が思ってしまう。

「……このまま、する」

獣のような興奮した荒い息づかいが聞こえてくる。

息が続かなくなり、唇を再び離すと琥燈が耳朶に口づけしながら呟いていた。それは確認でもなく、当然問いかけでもなく、宣言だ。

「せめて房間に……」

――深夜とはいえ外で……お風呂の中で身体を合わせるなんて……そんなこと……。

必死に息を整えながら明鈴は反論したけれど、聞いてくれるはずがないとわかっていた。

「駄目だ。待てない。お前の身体が今すぐ欲しい」

証明のように、明鈴の尻に熱く硬いものが押しつけられた。すでに欲情しているのは明確で、
繋がる場所を求め、力強く脈打っている。

女としての身体が反応するように、びくっと震えた。

「え、あっ!?　あ、あっ……んっ！」

明鈴は琥燈の言葉の意味を一つ、捉え間違っていた。

このままする、は温泉で向かい合って……ではなかった。

――――後ろから……襲われて、る……。

身体を入れ替えることなく、琥燈は明鈴を後ろから愛撫し始めた。

「は、んっ……あ、あぁ……」

うなじに口づけされ、熱を吹き込まれる。

肌が薄く感じやすい場所らしく、身体は敏感に反応を返した。

「うっすらと染まったお前の肌。後ろから見る胸から腰にかけての滑らかな線。たまらなく、興奮する」

指先でつうっと腰から尻を琥燈になぞられる。

外で男の人と裸でいることをいやというほど意識させられてしまった。恥ずかしさを通り越して、身体が火照り出す。

「あっ！　んっ……あっ……」

うなじにあった琥燈の唇が肌を降りていく。背中を何度も口づけされた。

明鈴の肌という肌を唇で撫でていくかのように錯覚する。

ぞくぞくと背中の震えが止まらなかった。

「お前の身体はどの菓子よりも甘く、絹よりも柔らかい」

はむっと肌を甘噛みしながら、琥燈が褒めてくれる。

自分の身体を彼が気に入ってくれていることが純粋に嬉しかった。

そして、そんな考えに驚いた。先へ進むのが恐くて、男の人には近づかないようにしてきた今までが嘘のようだ。

新しい明鈴を教えてくれたのは、疑いようもなくすべて琥燈のおかげ。

好きな人ができることで知ったこの喜びは、強引に求められなければ、一生わからなかったかもしれない。

「琥燈様……ありがとう……」

「今ここで感謝を言いたいのは俺のほうだろう」

言われてみると、まったくそのとおりだ。

客観的にいえば、琥燈は温泉に連れてきたことに託《かこつ》けて、明鈴を襲っているのだから。

「だいたい、その他人行儀な琥燈様、はもういいだろう？」

呼び方に不満でもあるのだろうか？

「では、何と呼べば？」

「琥燈に決まっている。彼氏、なんだ。二人の時はそれでいい」

彼氏の発音は、今度はあっていた。

意味をわかっているかは怪しいけれど、琥燈の言葉にくすっと明鈴は笑う。

本当に彼氏、彼女になったみたい。

「……琥燈、ありがとう。私を好きでいてくれて」

「当然のことだ。俺はお前にずっと惚れているのだからな」

琥燈の顔がまた肩から伸びてきて、唇を合わせた。

今度は明鈴からも差し出す。

喜びや愛しさがじわりと伝わってくるかのようで心が震え出す。

「あ……あぁ……」

唇が離れると、それだけなのに寂しさを感じてしまう。

切ない声がもれた。

「そそる声を出すな。今度はこっちだ」

首を傾げる間もなく、琥燈が明鈴に身体をより密着させた。

「……ひゃっ、熱いっ！」

先ほど尻に触れた時よりもずっと熱を持ったものが、腿に触れた。

びくびくと震え、明鈴を求めている。

そう考えると、甘い吐息がもれ、受け入れようとするかのように身体の力は抜けてしまった。

疼き出していく。

――私も……琥燈を求めてる……抱かれたがっている……。

「あ、あ、あ……ああ……！」

熱杭は腿に触れながら進み、真っ直ぐに明鈴の秘部を捉えた。

先端が押しつけられると、拒むことなく、花弁は開いていく。すんなりと明鈴の中へと彼の熱杭が入ってきた。

「は、あ、は……ああっ……あっ……琥燈を……感じる……」

今まで以上に興奮していた熱杭は太く、硬くなっていて、明鈴の膣洞では苦しい。しかし、その分、ありありと彼がわかった。

確かに自分の中に、彼が生きていると、わかる。

――生きている。私は……好きな人と共に。

涙が出るほどに嬉しい。声を上げたいほどに嬉しい。

「俺もお前を感じる。今日は特に」

それは琥燈が興奮しているせいだと指摘したかったけれど、彼が腰を動かし始めてしまったので言葉にできなかった。

膣襞を擦りながら、熱杭は奥へと進み、すぐに入り口まで引かれていく。

「あっ……あっ……あっ……ああっ……」

――深い、深く来る……全然ちがう……。

激しく熱杭を突き出しされ、明鈴は無意識に上半身を前に倒した。倒れないように琥燈が腰を支えていたからで、逆に尻を突き出すような格好になり、深く刺さってしまう。

後ろからされるのは、前からとはまったく違う感覚がした。

より深く刺さり、擦れ合った部分から火花が散るように強く刺激が走る。

「琥燈……倒れて……しまう……」

興奮の度合いを示すように抽送は激しくなる一方で、足元からジャバジャバと水音が聞こえていた。

立っているのも限界に達しそうになる。

「ならば、こうすればいい」

「あ、んっ……あ――――っ！」

繋がったまま、琥燈は明鈴を軽々と持ち上げた。

一度足が浮いたので、自分の重さが肉杭の先端にかかり、強烈な刺激が走る。思わず顔を上にして、大きな嬌声を上げてしまった。

――串刺しに……された……気分……。

「悪い。そんなつもりではなかったんだが……ほら、手をつけ」

苦笑いしながら、琥燈が明鈴の身体を押す。

倒れてしまうと思い、腕を突き出すと、そこには岩肌があった。両手を突くだけで安定が良くなり、体勢が落ち着く。

――でも、この格好って……。

もっと岩に近づくと安定するのだけれど、琥燈は腰を持ったまま逆に自分の腰へと引きつけてくる。上半身は倒れ、尻を先ほどよりもさらに突き出す格好になってしまった。

「あ、あ、ああっ！　あっ！」

深く深く、熱杭が突き刺さる。

それは一番奥まで到達し、突き上げ出した。

「……もっとお前の中を感じさせろ」

興奮した声が耳元に聞こえてくる。そして、耳朶をいやらしく舐められた。

抽送は繰り返され、何度も膣奥に肉杭が突き刺さる。そのたびに耐えられないような強い刺激が生まれて、身体が跳ねる。

――すごく……淫らな……ことになってる。

辺りには誰もいないため、音は紛れもなく二人が立てるものだけ。

足元で揺れる水音、荒い息づかい、絡み合う蜜音、それに腰と尻とがぶつかり合う乾いた音。

すべてが山の中に響いては消えていく。

淫靡さを感じずにはいられないし、この世界にたった二人だけになってしまったかのような感覚に陥る。

それらが蝕むようにして、明鈴の身体を熱と蜜で濡れさせていく。

「うんっ……あっ……んんっ……あ、あ、あっ！」

身体の奥から衝動がこみ上げてくるのを止められなかった。

刺激に反応して勝手に淫らな震え方をしてしまう。

「あ、あぁ……だめ……あっ、あっ……変な感じ……あっ、きて、しまう……」

――全部、琥燈のものに……なる……。

後ろから、しかも手をついて腰を突き出しながらさされているというのに、明鈴は強く感じてしまうのを認めざるを得なかった。

それぐらいに熱杭の抽送は身体を響かせ、快感となって広がっていく。

「琥燈……あぁ、琥燈……」

快感に飲まれてしまう前に、もう一度彼の名前を呼んだ。

水面に映る自らの淫らな格好と、そこにある琥燈の顔を見ながら。

「……明鈴！」

明鈴が達しそうになっているのは当然、琥燈にも伝わっているのだろう。

追いかけるようにして、彼は腰を暴れさせた。

「ん、んん、んっ、ん、あっ！」

熱杭が微かに上下へ角度を変えながら、膣道を擦る。硬くなった熱杭に擦られ、短く、鋭い嬌声が何度も出てしまう。

腰はさらに強く摑まれ、思い切り引き寄せられてしまう。

膣奥に先はないはずなのに、あるかのように肉棒がぐいぐいと突き上げられた。

「あっ、あっ、あ――――っ！」

奥をこれでもかと刺激されたことで、明鈴は達してしまった。

背を反らし、顔を上げながら、大きな嬌声をもらす。

「……っ！」

後ろから琥燈もほぼ同時に達したのがわかった。

彼の身体から力が抜け、熱杭が膣内で爆ぜる。熱いものが蜜と混ざりながら、明鈴の身体を満たしていく。

熱も、鼓動も、心さえも一つになったかのよう。

限界を超えたのか、膝ががくがくと震え明鈴は倒れ込みそうになる。それを琥燈が抱きしめ、支えてくれた。


しばらく経ったあと、明鈴は帰り支度をしていた。

そろそろ夜が明ける。明鈴は構わないが、皇帝である彼の政務は早朝から始まるのでそろそろ城に戻らないといけない。

しかし、琥燈は急いだりせず、逆にゆったりとこの時を惜しむようにしてくれた。明鈴に気を遣ってのことかもしれないけれど、どちらにしろ、その気持ちが嬉しい。

着替えを済ませ、二人は庵の中でくつろいでいた。

「もう少しお前の温もりを感じていたい。こっちへ来い」

琥燈は低い寝台のような椅子へ横になり、明鈴を呼んだ。

明らかに今行けば、また身体を重ねることになることは予想がついて……何か誤魔化すものはと周りを見回した。

「そうだ。お茶でも淹れます」

奥に置かれた卓に一式揃っている茶具を見つける。

明鈴は立ち上がると湯を沸かし、前世とは違う茶の準備を始めた。餅茶《へいちゃ》と呼ばれる乾燥させて固めた茶葉を使い、細かく崩して茶具に入れ、一杯目はすぐに別の茶具に移す。これは飲まない。

二杯目を飲むのだけれど、上から先ほど移した一杯目の茶を上からかけて茶具を温める。

準備が整ったと思ったところで、後ろに気配を感じる。琥燈が待ちきれずに来てしまったようだ。首筋に口づけされる。

「くすぐったい……もう、少しぐらい待っていてください」

「せっかくの二人の時だというのに、お前が行ってしまうのが悪い」

子供のような言い訳をして、今度は耳朶を甘噛みされる。

手にした茶具を落としそうになるのを何とか堪えた。先ほど温泉でしたばかりだからか、彼に少し触れられただけで、身体がすぐに火照ってしまいそう。

「おっ、鄧桃饅頭か。気の利いたやつがいるな」

琥燈が卓上に置かれた木箱に手を伸ばす。開いてみると鄧桃饅頭が入っていた。

しかし、箱は手土産用のものではなく、なんの装飾もされていないものだ。鄧桃饅頭を専用の箱以外に盛りつけるのは、店内で食べる時だけ。

頭の中で違和感が広がった。

「ちょうど欲しかったところだ」

「あっ！」

止めようとしたけれど、その前に琥燈はひょいっと鄧桃饅頭を摘まむと、躊躇うことなく口に運んでしまった。

「この味がいい。甘すぎず……んっ？」

何もなくてよかった、と一安心したところで、琥燈の様子がおかしくなる。喉を押さえると、片膝をついた。

「ぐっ……」

「琥燈！　大丈夫！」

彼の唇は真っ青になり、痺れ出していた。中毒の症状だ。

――鄧桃饅頭に毒が!?

琥燈が唯一安心して食べられると聞いていた鄧桃饅頭。

よりにもよって、そこに毒を入れるなんて。

毒など入っているわけがないと、諭してしまったのに――。

「やめろ！　お前は触るな！」

残っている鄧桃饅頭になんの毒が入っていたのか確認しようと手にしたけれど、素早く琥燈に叩《はた》かれてしまった。

「琥燈！　しっかりして、琥燈！」

最後の力だったのだろう。そのまま彼は床に倒れ込んでしまい、明鈴の声にも反応を示さなくなってしまった。

# 【第七章】皇太后との毒対決！　手土産は鄧桃饅頭

後宮の自らの房間に戻った明鈴は、襦裙の上から油裙をつけて、袖に襷《たすき》をかけた。

「――――」

ひとつ、ふたつ、みっつ数えて、息を吸って吐く。

冷静に……呼吸を整えなければいけない。

鄧桃饅頭を――――作らなければ…………。

琥燈のために。

意識を集中して、まずは小豆餡づくりに取りかかる。

鍋に湯を沸かし、そこへ半日水につけておいた小豆を入れて煮る。沸騰したら一度湯を捨て、また湯を入れて煮るを二回繰り返し、灰汁《あく》を抜く。

最後にもう一度湯を入れて沸騰したら火を弱め、しばらくゆっくりと煮る。

小豆が柔らかくなったのを見計らって、水を入れて冷ます。それを最初にざるで、次にさらに目の細かいふるいで漉《こ》した。

漉した小豆に再び水を加え、かき混ぜてしばらく置くと小豆が沈むので、上澄みの水を捨てて、入れ替える。これがとても面倒だけれど、重要な工程。丁寧に、何度も水が透明になるまで繰り返す。

綺麗になったところで布に入れ、水分を絞り取ったものが生餡と呼ばれるもの。

さらに鍋に水を張り、砂糖を入れて沸騰させ、生餡を半分ずつ加えて合わせる。最後は強火にして餡を練っていくのだけれど、火に近いので暑く、とても体力と根気がいる作業。

――心を込めて、この想いが届くように。

小分けにして、冷ませば小倉餡の完成だ。

小麦で作った生地の中央に丸めた特製の餡を乗せ、回しながら少しずつ周りの生地を延ばして包んでいく。最後は転がして丸い美しい形に成形する。

形は底が平ら、上は丸くが基本。鄧桃天心楼の職人よりは手際は悪いけれど、時間はかかっても不格好にならないように丁寧に整えていく。

あとは蒸籠で蒸し、前に父から届いた長四角の焼き印を押す。縁起が良いとされる金魚の尾に鈴が巻き付いた図柄がじゅっと刻印される。

特別に明鈴が用意した鮮やかな木箱に入れれば、鄧桃饅頭の完成。

――これを手土産に皇太后に会う。

皇太后に明鈴の気持ちがたっぷりこもった鄧桃饅頭を届けるのだから。

「行こう……!」

明鈴は、ぱんっと頬を叩き、気合いを入れた。

表向きには、皇太后に鄧桃饅頭を食べていただく。芙蓉殿の門扉を何としてでも開けて会っていただく。

これも前世の経験から得たこと。会うのが難しいと感じた相手には、別の理由でお約束《アポイント》を取る。

直球でいくばかりでは、営業は上手くいかない。

重要な決定権を持つ者ほど、忙しく、周りの目を恐れているもの。体面を気にして、外の者とおいそれとは会えないこともある。

だから、違う理由を隠れ蓑《みの》にする。

今回であれば、後宮でも評判の鄧桃饅頭を皇太后にお贈りする――がそれに当たる。

つまり、今回明鈴が皇太后に会う理由はもっと重要なことだった。

手土産を口実にして、簡単に会いたがってくれている敵の懐へ飛び込む――。

皇太后は琥燈がどうなったかを知りたくてたまらないはずだ。

さらに、明鈴のこれからの身の振り方も――いたぶり、絶望させ、取り込んでしまいたいと考えているだろう。

「一番悪いことをしている人が罰せられないなんて、絶対に許されない」

明鈴を最後に陥れた蒼花は、暇を出され、罪を償うために実家で軟禁となっていた。

それらがすべて皇太后の命令だったことは明白だ。けれど、彼女は手先とした妃達に責任を押しつけることで、責任から逃れている。

――――でも、これで終わり。

「皇太后様……」

明鈴は初めて強い怒りを覚えていた。

鄧桃饅頭を作り終えた彼女は休むことなく、侍女達に命じて、身支度を始める。

襷と油裙を外し、艶やかな躑躅《つつじ》色の襦裙を身に着けると、陽桜が髪を梳き結い上げてくれる。

気合いを入れるように大輪の五枚の花弁を持つ簪を挿した。

披帛は金色と桃色のかっちりとした仕立てで、祥雲《しょううん》が生き生きと広がる。

「お嬢様、本当に大丈夫ですか？　しばらくお休みになられたほうが」

「心配してくれてありがとう、陽桜。でも、急がないといけないことなの」

この策は今でなければ無に帰す。

わざと仰々しさを演出するために輿を呼ぶと、天花宮を出てゆっくりと芙蓉殿に向かう。来たことを気づかせることで、警戒心を持たれないようにするため。

「明鈴です。皇太后様にお目通しいただけますでしょうか？」

「承知いたしました」

門を守護する宦官に申し入れると、すでに聞いているらしく、二つ返事で了承してくれた。

事前に書簡で訪ねることを知らせてはいたが、返事はもらっていない。不安だったけれど、明鈴の前世の知恵は成功した。

いつも芙蓉殿に閉じこもっている皇太后が、敵対していた明鈴に会ってくれる。

周りから見れば、明鈴が皇太后の権力へ屈したように見えるだろうが、それこそが明鈴の狙いだった。

後宮の中でも色味の異なる、妖しい雰囲気を纏う赤紫色に塗られた芙蓉殿に足を踏み入れる。

宦官に明鈴が案内されたのは、とても広いけれど、何もない大広間だった。

中央に赤い大きな円卓が置かれ、低い椅子が二つ置かれているだけで、家具も美術品も、置かれていない。

おそらく、暗殺を恐れてのことなのだろう。これならば隠れる場所は少ないし、外から襲ってきても対処しやすい。

皇太后が今まで芙蓉殿から出ることがなかったのは、まさしくそれ。暗殺されないようにだろう。加えて、誰が仲間なのかを敵に知られないように。

隙を与えまいと、相手を恐れていたのだ。

だが、今その警戒心は解け、皇太后は油断している。

――あとは私が間違えなければ大丈夫。

あまり待つこともなく、皇太后は明鈴の前に姿を見せた。

向かいの椅子に座ると、上機嫌で話し始めた。

「よく来られたもの、明鈴妃よ。大事な男が倒れたというのに、見込みどおりの強い女子《おなご》じゃ」

金の釵子が威嚇するように皇太后の言葉で左右に微かに震え、豪奢な背子が目の前で衣擦れの音を立てる。

きっと琥燈の容体のことを言っているのだろう。

「お褒めの言葉、ありがとうございます」

あくまでも冷静を装い、恭しく頭を下げる。

「して、死の淵を彷徨《さまよ》う皇帝を見て、そなたは何をするつもりで来た？」

自分で毒を盛っておいて、何という言い草だろうか。

すでに水犀国を手に入れた気分でいる。

怒りがこみ上げてくるのを、明鈴は必死に自制し、鄧桃饅頭を差し出した。

「手土産です。鄧桃饅頭……陛下の御用達をいただいていたのですが、ご存じでしょうか？」

ごくりと明鈴の喉が鳴る。

ご存じも何も、皇太后に心当たりはあるはずだ。

「はて？　知らぬな」

皇太后は瞳の奥でも気味悪く笑っていた。

「私が心を込めて作りました。どうぞ、お食べください」

蓋を開けて中身を示す。ぷっくりと並んだ饅頭が食べる者を待っている。

「ははっ、ふははっ！　食わぬわ、こんなもの毒入りであろう！」

「……はて、鄧桃饅頭に毒など入っているわけがないが売りの饅頭でございますのに――」

――あなたは、それに毒を仕込んだのです。

明鈴は微笑して木箱から手を離した。

毒入り饅頭で仕返しをしに来たと、皇太后の毒殺を思われても仕方がない。

――――堪えるのよ……。

明鈴は己に心の中で言い聞かせて、双眸をきりりと皇太后へ向けた。

意志の強さを受けた皇太后が、唇の端を吊り上げる。

「毒饅頭で不確かな毒殺に来たわけではあるまい？　己の保身か？　それとも皇帝の命乞いか？　申してみろ。今は気分がいい。面白ければ、褒美に叶えてやってもよいぞ」

楽しそうな声だった。その口に饅頭を突っ込んだら、さぞ可笑しいことになるだろう。

皇太后がやっと望むことを口にしたのに、妙なことを考えてしまった。

背筋を伸ばして、明鈴は息を吸って、吐いた。

「では、一つ。麒金雲紋兵符《ききんうんもんへいふ》をお返しいただけないでしょうか？」

それは皇帝が所持する重要な腰牌《ふだ》の一つ。

兵を動かすために使う兵符と呼ばれる命令書のようなものの中でも最上位のもので、所持した者はどの兵であろうと自由に動かすことができる。

もともとは水犀国が滅亡の危機に陥り、指示系統が混乱した際、皇帝が信頼できる将軍に託すものだが、持ち出されるとこれ以上ない脅威となる。

前皇帝が崩御された際、皇太后はこれを騒動に紛れて持ち出していた。だから、琥燈も彼女には強く出ることができなかったのだ。

相手が皇帝であっても兵符は意味を成す。皇太后に対する時は、常に内戦となる危険を考えなければならず、慎重にならざるを得ない。

芙蓉殿に引き入れられていた異国の男は、兵符による陰謀に加担していたのだから。

「麒符じゃと?」

明鈴の言葉に、皇太后は驚いた顔をしてから、掠れた大声で笑い出した。

「気に入ったぞ、明鈴妃よ。解毒剤でもなく、取り入ったり、地位を要求するでもなく、麒符と来たか。大馬鹿者じゃな、お主は。愛しい者に、死に際に言われたか? あれを取り返してくれとでも……はははは っ!」

解毒剤などないのは、とうにわかっていた。

あの症状は典型的な金属性の中毒。この国では特効薬などない。

「よいぞ。お主の馬鹿さに免じてくれてやろう。あれは諸刃の剣。もう不要じゃ」

国が乱れて困るのは皇太后も同じこと。

次の皇帝を傀儡《かいらい》に仕立て、自らが水犀国を統治しようと思えば、なおのこと麒符は使えない。

そして、同じことを皇太后は明鈴にも思っているのだろう。

小娘には使えないし、すぐに取り返せると――。

「本当でしょうか?」

「二言はないぞ、ほれ」

皇太后は自らの衣の中に手を入れると、中から小さな金属の塊を取りだして、明鈴に放って寄こした。琥燈から聞いたとおりの形をしている。

――――間違いない。これが麒金雲紋兵符。

この国の守護神獣である麒麟を象ったもので、どちらかというと犬のような形をした小さな金の像だ。

「じゃが、これを飲むことができればな」

手を叩いて皇太后が合図すると、お付きの宦官が茶を運んできた。すでに茶碗に注がれたものが明鈴の前に置かれる。

「ちょうどそなたの持ってきてくれた茶請けもあることだし、飲むがいい」

鄧桃饅頭の入った提げ重箱を見て皇太后が告げる。

「ささ、遠慮するな。琥燈にも振る舞ったものじゃぞ」

言われなくても、茶に毒が入っているのは明白だった。

使えないとはいえ、切り札と言える麒金雲紋兵符を簡単に皇太后が返すはずがない。どこかで明鈴を殺し、取り返そうとしてくるはず。

それが、毒で苦しみながらも彼が教えてくれた皇太后の手口だった。

「麒金雲紋兵符が、欲しかったのではないのか？　飲めばそなたのものぞ」

「その言葉、お忘れなく……――――っう、ああっ！」

明鈴は毒とわかっていて、鄧桃饅頭を食べてから茶を口に入れる。

そして、倒れ込んだ。

残りの茶が地面に落ちる。

「わかっていて、本当に飲むとは、何と腹の据わった娘か。その度胸は認めるが、ちとかわいそうじゃな。これから腸《はらわた》を焼かれ、その若く白い肌を自らの爪で血に染めるほど暴れくるうかと思うと」

立ち上がった皇太后は、明鈴の苦しむさまを見ようというのか近づいてくる。

「苦しまず、そなたの愛した琥燈のもとへ参れ、冥府という場所へな」

麒金雲紋兵符を取り返そうと、皇太后が明鈴の手に触れようとしたその時、房間の扉が突然音を立てて開いた。

否、蹴破られていた。

明鈴が愛する者が、示し合わせたように、そこに立っている。

「いいや、俺と明鈴はまだ死なない。二人でやりたいことが沢山あるからな」

「な、なぜ！　お主がここにおる⁉」

入り口には、配下の兵を引き連れた琥燈が立っていた。その姿を見て、皇太后が驚きの声を上げる。

「なぜじゃっ！　お主が無事なはずが……だが、もう遅いわ！　小娘の屍を抱いて泣くがいい！　見よ、わたしに毒を盛ろうとした返り討ちじゃ！」

「陛下が危篤など、私は一言も口にしていませんよ」

卓に倒れ込んだ明鈴も上半身を起こした。

皇太后のぎょっとした驚きの瞳と、ぱちりと開いた黒色の目が合う。

……少し気持ち悪いけれど、大丈夫。

「そんな馬鹿な！　なぜじゃ？　確かにお主も、そなたも毒を口にしたはず……普通に動けるはずがない……」

絶句し、皇太后が膝から崩れ落ちる。

「観念しろ。俺と明鈴には毒が効かない。鄧桃饅頭を食べているからな」

琥燈が明鈴のもとに駆け付け、無事を確かめながら言った。

――正確には効かないわけではないのだけれど。

『鄧桃饅頭に毒など入っているわけがない』

幼い頃に明鈴が琥燈に言って、無理やり食べさせた言葉。それがすべてを示している。

鄧桃饅頭に入っているのは半分の餡と、半分の薬だ。

甘みを抑えていた少量の苦み。その正体は体内の毒素を排出・中和させる香菜、林檎、海藻などの食材をすりつぶして配合したものだ。

〝あんこは半分にして〟

幼少の明鈴が最初は甘さの問題でお願いし、厨房に立つ頃になってから中身に提案した。

改良に改良を重ねて鄧桃饅頭に薬となるものを入れていたのは、店の者でも少ししか知らないこと。

どんな病があり、どんな厄災があるかわからないこの世界。

前世の記憶もたいして役には立たないし、成分なんか調べようがない。

だから、いいと言われるものは大好きな家族の健康のため、ひいては明鈴の平穏無事のために全部美味しく練りこんだ。

それがこんなところで役に立つなんて――――。

皇帝の命すらいつの間にか強靭にして、彼を救う手助けができていたのだ。

鄧桃饅頭をよく食べていた琥燈と明鈴は共に毒に強い体質になっていた。

もちろん、解毒効果がすぐにあるわけではないし、大量に毒を摂取した場合は排出と中和が追いつかずに死ぬかもしれない。

実際に琥燈の状態は危険だった。明鈴が適切に対処して、症状を和らげたのと彼の強い生命力のおかげだ。

だから、明鈴のほうは鄧桃饅頭を食べ、茶を一口だけ飲んでわざと零した。

一口だけなら問題ない。多少痺れて体調が悪くなるかもしれないが、すぐに回復するだろう。

これが二人の皇太后に仕掛けた策。

毒に倒れてもう助からないと見せかけ、皇太后を油断させ、芙蓉殿に明鈴が乗り込む。あとは鄧桃饅頭を武器に毒を退け、麒符を取り戻す。

「お約束のとおり、麒金雲紋兵符は返していただきます」

「皇太后。お前の野望は完全に尽きた」

明鈴が麒符を取り、琥燈がその指をがっちりと包み込む。

二人は手を取り合って、唖然とする皇太后を睨みつけた。

揺るぎない強い眼差しで。

愛し合う手と手を固く結んで。

やがて…………。

花が綻ぶように頷き合ってから、明鈴と琥燈は、芙蓉殿をあとにした。

※　※　※

――――やっと、やっと成した。

芙蓉殿の中から、大勢の宦官と捕吏に連れられて出てくる皇太后を見送る琥燈の目は、輝いていた。

麒金雲紋兵符を握った手は、冷めやらぬ興奮で汗ばんでいる。

先ほど明鈴からすぐに渡されたそれは、ずっと琥燈が求めていた麒符だった。

代替わりの混乱に紛れて、後宮の皇太后へと渡ってしまった麒金雲紋兵符。

皇太后か取り巻きである三人の妃嬪が持っているのはわかっていた。

返却は無理に思えたので、後宮に手のものを忍び込ませて、捜させて、邪魔になれば妃嬪は刺客により殺させ、盗み出させる策であったのに……。

またもや、無血で――。

「…………」

尊敬の眼差しを隣に向けると、明鈴が感無量といった面持ちで立ち尽くしている。

大業を成し終わった安堵が広がる華奢な肩、日の光でまばゆく輝く白い頬。

何と勇敢で心強い存在だろう。

ますます、惚れた。痺れた。

どんな言葉を尽くしても足りないほどに愛しい。

「やったな、明鈴」

「はい、お力になれたことを嬉しく思います。あのまま皇太后様に水犀国をめちゃくちゃにされていたら、私の平穏も危ないところでしたし……」

謙遜のためか、明鈴が茶化した口調で息を吐くのがわかる。

「陰謀のことだけではなく、お前もやったな――という、ことを含んで俺は言ったのだが。皇太后が失脚した後宮、という意味合いは？」

「あっ！　後宮……私、ついに上りつめた、やった！」

明鈴が双眸を生き生きと輝かせる。頰に薔薇色が戻ってきたようだ。

そう、やっと成したのは皇太后のことだけではない。

明鈴が、後宮を上りつめたのだ。

三人の妃嬪を廃し、皇太后を廃し……やってのけた。

あとは、明鈴のしたことを少しも無駄にしないように早く平和にして、その暁には――。

――そろそろ気づかせてやろう。

琥燈は、にやりと笑った。

## 【第八章】 結婚の挨拶はお忍びで実家へ 「お嬢さんをください!?」

皇太后の事件が解決して数日、水犀国の後宮は解散となった。

他に息のかかった者を危惧してのことだと聞く。

明鈴にしてみれば、自由になって実家へ帰れることが一人だけの特別ではなく、自然な流れとなったのでありがたいことだった。

長いようで短かった後宮の房間。感慨にふけりながら戸口へと手をかける。

愛着が湧いてしまった、厨房付きのこの場所もまた、思い出になるのだろうけど、名残惜しくて見つめてしまう。

後宮内はせわしく、荷をまとめた侍女が行きかい、荷運びの者までもが入ってきている。

門が完全に開け放たれた後宮は、もう女達だけの場所ではなかった。

この喧噪も長くは続かず、誰もが去ったここは、ひっそりとしてしまうのだろう。

明鈴は万寧が贈ってくれた衣を身に着け、すっかりと帰る準備が整っていた。

鴇《とき》色の襦裙には、結び目の絵柄が赤い糸で刺繍されていた。披帛は朱色、帯は優しい色合いをしていて、透明な水晶飾りがちりちりとついている。

少し大人っぽくなったと言われてしまうだろうか――。

けれど、明鈴の準備は万端に整っているのに、肝心の陽桜が忙しかった。

侍女を使って水犀殿まで出向いたり、琥燈からもらったものと万寧から届いた物をわけたり。

よほど慎重な支度なのか、明鈴にも手伝わせてくれない。

――他の妃嬪は、先に帰ってしまったのに……。

手際が良い陽桜にしては、珍しいことだった。

――陽桜……早く、早く。

嫌いな場所から逃れたいだけで急くのではない。寂しくなってしまうのが怖い。

彼女の姿を、庭を凝視しながら探していると、輿《こし》と馬の一団が現れた。

遠目にもそれが琥燈だとわかり、明鈴は見なかったふりをして俯いてしまう。

――会っちゃった……。

会ったら後ろ髪を引かれそうで、会わないで済むように急いでいたのに……。

ドキドキしている間に、琥燈の一団は明鈴へ近づいてきて彼女の前で止まった。

琥燈は松葉色の長衣《ちょうい》に、鶯《うぐいす》色の外衣《うわぎ》。煌びやかな政務の衣ではなく、穏やかなお忍びの姿に見える。

馬を引くのはいつぞやの怖い顔をした文官――白晶だった。輿には誰も乗っていない。

彼らは後宮解散の進み具合を見に来たのだろうか。

別に好きで遅れて残っているわけではない――と、何も聞かれていないのに口から飛び出してしまいそうになる。

「明鈴、準備ができたようだな。迎えに来た」

馬からひらりと降り、朗らかな声で琥燈が告げる。

「実家に帰る準備はできていますけれど……？」

彼が何を言っているのかわからない。

「いや、お前の行き先は実家ではないぞ。後宮を上りつめた寵姫は、妃になると決まっている。明鈴はこれから、俺の唯一の妻として水犀殿に住むのだ」

「ええぇ――――っ⁉」

後宮を震わせるような大きな驚きの声が出た。

――ちょ、ちょっと待って！

――上りつめたら、後宮で一番の妃嬪になれば、暇をくれるんじゃ……。

「ま、待ってください。琥燈……じゃなかった、皇帝陛下！　初めにお約束しましたよね？」

聞いていない、そんなことは！

明鈴が聞いたのは――。

「ああ、〝天花宮の頂点に上りつめればいい。安息を与えてやるぞ〟と言ったな」

「では……」

そう、安息をくれると彼は約束してくれた、最後は琥燈のために怒って行動したとはいえ、もとの生活に戻るために明鈴は頑張ったのだ。

「俺は安息を与えてやるといっただけだ。見ろ、お前に危害を加える女達は廃され、国が乱れる要因の麒金雲紋兵符は、無事に皇帝に返った。水犀国は平和になった。ついでにお前の心を妬かせる後宮も解散した。俺はお前ひとりを望むからな――どうだ、安息の生活だろう」

「はっ……なっ……！」

歌うように言われ、そんなに上機嫌に自信満々にがらんとした後宮を見渡されても……。

「だいたいな、後宮で上りつめたらどうなるかぐらい、誰でもわかるぞ」

「今まで、お気づきにならなかったことに、驚きです」

琥燈に続き、白晶にまで言われてしまった。その軽口から、前よりもとっつきやすくて怖くない気がする。

気づかなかったけど――確かに、確かに……。

思い返せば、寵姫として勝ち上がってしまった。

皇帝との約束は、彼の策略で……まんまと引っかかって、手のひらで踊らされてしまったのだ。

明鈴は自ら妃に躍り出たことに、やっと気づいた。

「わ、私が……お妃様⁉」

琥燈の奥さん――！

水犀国を背負う、皇后……。

信じられない。

けれど……嫌だと言って逃げたくならない自分の気持ちに驚く。

「いや、か――――？」

少し震えた声で、窺うように琥燈が尋ねてくる。

顔は自信満々なのに、声音が懇願しているみたいな響き……。

――――ああもう、ずるい……。

嫌なんて言えない。

「いや………では、ないです……」

ぴくりと彼の頬が動き、緋色の瞳と目が合う。

こんな答えでは彼が満足をしないのがわかる。

明鈴だって――――叫ぶぐらい、口にしたかったのだ。未練があると。

押し込めて、俯いて、気づかないふりをしていたけれど……。

いつから……？

宴で嫉妬してから？　屋根の上から？

温泉に行ってから？　二人で危機を乗り越えてから？

そんなの、全部だ――――。

「好き、に……決まっています。陛下がまだ私に片恋などと言うなら、それは違いますから。

わ、たしも――――愛してしまっています。荷が重そうなお妃になってもいいぐらいに……」

皇族なんて、平穏の殻を突き破るにもほどがある。

でも、琥燈の申し出は嬉しかった。応えたかった。

「俺と結婚して欲しい、明鈴――」

「だっ、だから……そんなに真顔で言わなくても、いいですって……うっ、うぅ……」

真っ直ぐな彼の眼差しに胸が熱くなる。

ストレートな物言いには全然慣れないのだ。さりげなくじゃなくて、大々的にこんな場で告白をくれることも……。

いつも琥燈はとっておきの場と、言葉を惜しげもなくくれる。

嬉しくて、恥ずかしくて、ぎこちなくなってしまう。

けれど、照れてばかりでは琥燈の隣には立てない。

「…………」

明鈴はありったけの勇気と喜びで、晴れやかに顔を上げた。

「はい――つつしんで、お受けします」

「明鈴！　よかった！」

がばっと琥燈が抱きついてきて、明鈴は頰を染める。

その腕に包まれ、胸へ顔を埋めた時、自分の居場所をはっきりと感じた。

――好き……大好き……。

逞しくて、温かくて、ちょっと強引で。

「さて、お前の実家へ俺も行くぞ」

琥燈が頬を叩いてなぜか気合いを入れて、馬に跨がる。

「えっ……水犀殿では……？」

さっきの流れだと、このまま水犀殿に行って、万寧には来てもらわないと会えない感じだったけれど違うのだろうか。

「御義父上《おちちうえ》に挨拶をしなければな」

緊張の面持ちで琥燈が高らかに告げる。

ああ、そんなところまで明鈴に合わせてくれるのだ――と感じたら、さっき離れようとしていたのが信じられないぐらいに、とてもとても彼が好きなことに気づいた。

鄧桃天心楼――。

その建物が見えてくると懐かしさに包まれ、輿から降りるなり明鈴は店へ入った。後ろからは琥燈だけが付いてくる。

懐かしい店内の香りと、深緋《こきあけ》色の空間。

陳列台に並ぶ菓子の彩りも何一つ変わっていない。

「いらっしゃいま――お、お嬢様っ！　大変、だ、旦那様――っ」

明鈴の代わりに店番をしていた使用人が、明鈴の顔を見て転がるように奥へ行ってしまう。

――後宮に入った娘がいきなり訪ねてきたら、驚くよね……。

この様子だと、万寧は在宅していて、すぐに会えるようだ。

土間からまだ上がらずに、明鈴と琥燈以外は無人となった店の空気を、懐かしむようにさらに吸い込む。

――ああ、店に帰ってきた。

深呼吸していると、あとから入ってきた琥燈が、珍しそうに店の中を見て歩く。

「ここが、お前が店番をしていた鄧桃天心楼か……一度も訪れたことがなかった」

「皇帝だから、当たり前ですよ。そもそも鄧桃天心楼は出前が多いのですから」

店を紹介したいうずうずとした気持ちを、声音だけは抑えながらも、弾む心は止まらない。

琥燈が鄧桃天心楼にいる。

「明鈴。どんなふうに店番をしていたんだ？　ちょっと陳列台の向こうに立ってくれないか」

「……いいですけど」

恋しかった定位置、小卓と生花の横を通って陳列台の奥へと入る。

正面から見ていた菓子が逆さまになり、よく見知った形になった。鄧桃饅頭の焼き印も逆向きになる、店番の視点。

「こんな、感じです。あんまり飛び込みのお客さんは来ないですけれど」

しっくりくる、居心地の良い立ち位置だ。

「――可愛らしいお嬢さん。鄧桃饅頭とやらを一つ買おう」

突然、琥燈が声を張って言い出し、明鈴は目を丸くした。

「えっ、ええ……と、琥燈？　お饅頭が食べたいの？　だったら買わなくても、少し待てば、お父様が胃もたれするほど出してくれると思うけど」

「違うぞ、看板娘よ！　俺は買い物に来た、自然なただの客だ」

戸惑う明鈴を制して、彼が三文芝居のようなことを続ける。

――何だろうこれ……。

「え、ええと……お客様、今の時期ですと定番の小豆餡以外にも、なつめ餡、栗餡がございますが、どれにいたしましょう？」

お買い物の体験をしたいのかな……。

「全部もらおう。お前の名は？」

「えっ……？」

名前なんて明鈴に決まって――。

「あっ……！」

決まっていると言いかけて、明鈴はやっと自然なただの客の意図に気づいた。

琥燈は出会いを明鈴が屋根の上で説いた自然なものに、やり直してくれようとしているのだ。

『いきなり皇帝に呼ばれて後宮とかではなく、店番をしていたら出会ったりとかして、意識しながら徐々に仲良くなるとか』

言った。

――私、言った。そんな無理難題を！

脳裏に浮かんだ記憶に、明鈴は耳まで赤くなった。

いつも直球で、何をされても、明鈴が照れてしまった琥燈の態度に、用意周到すぎることを非難して、そんなことを言ってしまったっけ。

「うっ……鄧明鈴と申します」

しぶしぶ調子を合わせて、三種類が入る三個入りの木箱へ長箸で饅頭を入れ、琥燈へ陳列台越しに差し出す。

彼は饅頭ごと明鈴の手を両手で握り、ぎゅっと力を込めた。

「お、客様……？」

「偶然この饅頭を食べた俺は、どうやら皇帝のようだ。お前を見初めて迎えに来た」

琥燈なりの設定に思わず吹き出してしまいそうになりながらも、幸せで明鈴の視界が潤んだ。

「ばっ……皇帝でも、いきなり饅頭ごと手を握るとか……じょ、徐々に仲良くならなきゃ、駄目じゃない……まだ、お代ももらっていないし、そっ……れは、誰かが取り立てにいくから後払いでもいいけれど、まだ食べていないし………」

「そこは、飛ばす！　お前を口説く気の長さを、俺はもう持てない」

琥燈が前のめりになり、明鈴に口づけようとした時、奥からバタバタと誰かが廊下を走ってくる音がした。

それがあまりに速いので、二人はぱっと離れる。

息せき切ってやってきたのは万寧だった。

「明鈴！　おお、本当に明鈴じゃ。さあさあ、愛娘よ……何も聞くまい、家にお入り……後宮でつらいことがあったのじゃな。気にしなくてよい、よい……ああ、とにかくよく帰ってきてくれた……」

明鈴を撫でまわさんばかりに大歓迎する声は、娘と離れていた長い時間の心配を思わせた。

「お父様……ただいま――」

足音にびくついて引っ込んでいた涙が、また溢れそうになっていく。

「少し大人びたな……心を鬼にして成長を願ったが、おまえが望むなら、ずうっと子供のままでいいんじゃぞ」

万寧の優しい言葉に、自分が今までどれだけ甘えていたかがわかって、感情が高ぶった。

「お父さ……………」

でも、親子の再会に感動して泣き出してしまうわけにはいかない――。

だって……。

――お父様、皇帝陛下のこと無視だし。視界に入っているはずなのに、本気で気づいていないんだから……。

――鄧桃饅頭を届けていたのなら顔見知りのはずなのに、娘しか目に入っていない。

「えー、うんっ……お、お父様。紹介したい人がいるのですが」

こほんと咳をして、明鈴は万寧から離れた。

そして、琥燈を紹介するように手を広げる。

頭の中で適切な言葉を探し、唇を軽く噛んで確かめ、これだと口を開く。

「お父様、彼氏を連れてきました！」

「かっ、彼氏じゃと………！　許さ――ん‼」

明鈴の近くに立つ男の気配に気づいた瞬間、よく見もしないで万寧が叫ぶ。

これには琥燈も苦笑して、姿勢を正して万寧へ向き直る。

「明鈴の彼氏で、皇帝の黎琥燈だ。大切なお嬢さんをもらう、挨拶に来た」

「はっ！　こ、皇帝陛下⁉　ご無礼を……はっ、ははっ！」

やっと琥燈に気づいた万寧が、廊下で低頭する――直前……！

琥燈が土間に飛び上がって上り、父の前で正座した。

「ちょっ……琥燈――」

それは絶対に変だって――！　皇帝陛下でしょう！

明鈴が止める間もなく、正座で万寧に向き合ってしまった琥燈が背筋を伸ばした。

「俺は明鈴を愛している。御義父上、お嬢さんを私の妻に迎えたい――」

「………………………よ、喜んでじゃ！」

意味を理解した万寧が満面の笑みで琥燈を迎える。

明鈴も、襦裙を正して琥燈の横へ座った。

その姿を見た父が、うんうんと頷く。

「明鈴よ、素晴らしく良い相手を見つけたな。ああ、お前の成長は、彼をずっと待っておったんじゃなー」

「――――は……い、はいっ！」

懐かしみ、祝い、喜ぶ万寧の声音に、今後こそ明鈴は大粒の涙を零す。

この世界で、心と身体がぴったりとはまった瞬間だった。


その夜は、鄧家に泊まることになり……。

琥燈の供は客間に、明鈴は彼と一緒に離れを用意された。

――私は、自分の房間でよかったのだけど……。

万寧が娘に対して、妃としての線引きをしたのならば、それに従うことにする。

離れである百鳥《ももとり》の間は、中庭から目隠しとなる竹林を挟んで、踏み石を渡っていった先。

明鈴と琥燈は、万寧により、たらふく饅頭を食べさせられて、夕餉と特上の酒を振る舞われて、さらに風呂上がりの菓子が出てきて、もてなされ疲れに陥りながらも、どうにか離れにたどり着いていた。

庭からは、穏やかに夜に鳴く虫の奏《かなで》が聞こえてくる。

閉め切った房間には、二組の被褥《ふとん》が並べて敷かれていた。

客人用の綿がたっぷり入った艶やかなそれは、四方に長い飾り房がついている。

明鈴も琥燈も夜着であった。あとは、眠るだけで、とても疲れた一日だったのに、気恥ずかしくて横になれないでいた。

だから、明鈴は枕元にある銅鏡がついた台で身支度を整えるふりをしていたし、琥燈は透かし彫りの窓から庭を眺めている。

「明鈴、いつまで身支度をしている気だ？　眠らないのか？」

「こ、琥燈が横になってから行きます！　ちょっと、まだ……」

隣同士で横になる覚悟ができていない。

離れとはいえ、実家だし――――。

どれだけ髪を梳《と》かしてぎこちなくしていればいいのか、自分でもわからない。

ちらちらと灯る明かりも、いつ消していいのかわからなかった。

「まだ――――何だ？　もう、御義父上に結婚の許しはもらったじゃないか」

抱きすくめられる。背後に琥燈がいて、明鈴と同じ銅鏡に顔を映している。

照らされているとはいえ、就寝前の弱い明かりだったので、彼の顔に強い影が落ちた。

そのせいだろうか、切なそうにも見える。

明鈴は、琥燈に静かに笑いかけた。

「そうね……お許しはもらったから……」

――――から、の続きは言わなくても、彼はわかってくれる。

彼が静かに被褥へ横たわらせてくれる。広がった明鈴の漆黒の髪を撫でながら、口づけが降ってきた。

「明鈴――――」

「んっ……琥燈……」

温かい吐息がくすぐったく触れ合い、名を呼びながら互いの存在を確かめるキスをする。

やっとなんの憂いもなく結ばれることができると、確認するような口づけが降り続く。

ちゅっ、ちゅ……と、唇を悪戯に軽く噛みながら、呼気で囁きながら。

互いに、唯一無二の愛する存在――――。

「……明鈴、ちゅ……ふ――――」

「あむ……っ、んっ、ふっ……んぅ……」

どちらからともなく、舌を出して絡めた。

確かめたくて。

深く深く、味わいたくて。

それぞれの生きてきた魂ごと、触れ合わせたくて。

――――私はここに、いる。

――――彼を近くで感じている。琥燈も触れ合うほど近くに……いる。

蕩けるようなキスに、明鈴はくらくらしながら瞳を伏せていく。

開いたり、閉じたり、さらにぎゅっと閉じて眉を吊り上げたり忙しい瞼の隙間から、離れの

る。

胸をぎゅっと寄せられて、中の鼓動を確かめるように頬が擦れると、愛しさがこみ上げてく

琥燈のキスが唇から顎を伝い、首筋に口づけながら、心臓の上へと下りてきた。

「んっ……んっ……んぅ……あっ！」

天井がちらちらと映る。

「今日はずっとお前が欲しかった」

乳房を口へ含んで、赤い蕾を、琥燈の舌先が転がしていく。

「あっ……んっ、んぅ……」

明鈴の身体がしなやかに伸び、喜びの花蕾がたっぷり膨らんで、彼の手で解きほぐされて、ゆっくりと開花していく。

胸の蕾が芽吹く前のように硬くなり、刺激に反応してしまう。

「っあ……気持ち……い、あっ……んぅ……」

もっと触れて欲しくて、正直な心が口から睦言になって零れた。

こんなに甘い声が出るなんて……。

明鈴を酔わせるように琥燈がたっぷりと胸を愛撫する。そうしながらも、口づけはさらに下りてきて、夜着を乱し明鈴の腹部をちゅっと這う。

「はっ、ぅっ……あっ……くすぐった……い」

——でも、身体中から幸せがこみ上げてくる。

琥燈が腰を撫でながら、明鈴の秘所へと囁くように口づけた。

「んっ――――」

ふっ、と戦慄きを起こしたのは、呼気か、舌かはわからない。

そのまま彼が顔を埋めて、花芽を隠す包皮を下唇で剝くように押す。上唇はむき出しにされた敏感な花芯に触れていた。

「あっ……そ、こ……は……」

「お前の可愛い芽だ」

琥燈の熱い舌がねっとりと花芽を舐め上げ、明鈴は嬌声を上げる。

「あっ、あっ！　あっ、じんじん……する……んぅ……」

執拗な彼の舌は、乱れきるまで止まらない。

「……あ、あっ！　そこばっかり……だめ……んっ……ああっ！」

吸い上げながら小刻みに花芽を刺激して、容赦なく、明鈴を責めていく。

「だめって……言っているのに……ん、あっ、んっ！」

強引さは変わらなかった。琥燈の舌は執拗に花芽を舐め、時に唇で挟んで刺激し続ける。

耐えきれずに、明鈴は身体を床へと預け、びくびくと腰を震わせた。それを追うようにして、琥燈は顔をさらに近づけてくる。

「だめっ……もう……だめっ……我慢できなく、なるっ！　あっ！」

痙攣は止まらなくなり、快感が弾け続ける。

琥燈の口は、絶頂させるかのようにより淫らに、激しく動き続けた。顔を押しつけられ、腿を手で摑まれ、逃げ場はない。

あっという間に、明鈴は絶頂の衝動を受け入れることしかできなくなる。

「あっ、ふっ、ああっ、んっ、い……っ、あぁぁ――っ……！」

達した明鈴の蜜壺から、嬉し泣きのような愛液がとろとろと零れて腿を伝った。

――あぁぁ……今日の琥燈……とても激しい……。

「やっ……あっ……」

明鈴が呼吸を整えている間も、琥燈は待ちきれないとばかりに、腿や胸に優しく何度も熱い唇を押しつけてくる。

達したばかりで敏感になっていた身体は、それだけでもびくびくと震えてしまった。

「次は俺がしてもらう番だな」

落ち着いた頃を見計らって、琥燈が告げる。明鈴は意味がよくわからずに彼の顔をまじまじと見てしまった。

「同じようにしてくれ」

「……えっ！」

次の言葉でやっと彼の意図がわかった明鈴は顔を赤くした。

先ほどは淫芽を舐められたわけで、つまりは男の人の――。

「来い。後ろ向きに上へ乗れ」

あたふたとしているうちに、琥燈は自らの身体を横たえると明鈴を呼んだ。

――さすがに……恥ずかしい。妃になったっていっても……。

「して欲しいが……嫌か？」

あの、懇願するような声音を含んだ言葉でまた言われてしまった。

どうも琥燈にその様子で言われると弱い。何でもしてあげたくなる。

「少し……なら」

おずおずと明鈴は琥燈の上を跨いだ。

前にも跨がったことはあったのだけれど、今度は尻を彼のほうに向けている。恥ずかしさで身体が火がついたように熱くなった。

「絶景だな。さあ、始めろ」

急かされ、明鈴は思わず目の前のものをまじまじと見てしまった。

隆々と穿つ肉棒。興奮しているのか脈打ち、ドクンドクンと鼓動で震えている。

――これを……口に……!? ま、まずは手で……。

恐る恐る手を伸ばし、触れてみる。

「……ひゃっ！」

つい声を上げてしまうほどに、触れた肉杭は熱かった。

しかも見た目よりもずっと鼓動が伝わってくる。

――私と繋がりたくて……こうなっているの？

そう考えると、気持ちよくしてあげたい、尽くしてあげたい、という奉仕の気持ちがこみ上げてくる。

ただ、目の前の真っ赤に怒張した肉棒を舌で愛撫するのは、どうしても躊躇してしまう。

「いい加減、我慢できないいな」

「えっ？　あっ！　ああっ！」

怖じ気づいた明鈴の秘部を、いきなり琥燈が舐めた。

一度達しているので尻が淫らにびくんと跳ねてしまう。

「さっさとしないと、舌を中にねじ込むぞ」

「やっ……あ、んっ……する……から……」

敏感になっている膣口を舌でねっとりと舐められ、全身が震える。たまらず明鈴は肉棒へ舌を伸ばした。

「あむっ……くちゅっ……んっ、ちゅっ……」

一度始めると、羞恥心もあって、頬がかっと熱くなりつつも、夢中で舌を動かしていた。気持ちよさそうな反応が琥燈から返ってくる。

「いいぞ、明鈴。もっと淫らに、だ」

舌で触れた肉棒は喜びに震えているのがわかる。肉棒の熱さはさらに増して、顔全体に移るかのように真っ赤になった。

琥燈の舌も同じように、明鈴の淫襞や媚裂を刺激していく。

快感に反応して、蜜が溢れ出してきてしまう。それを恥ずかしくも琥燈は舌で舐め取っているのがわかる。

「あっ、あっ……とてもへんな気分……になる……あっ！　んんんっ！　んっ……」

勢い余って、肉棒が口の中へと入ってしまう。

それでも明鈴は何とか舌を動かして、琥燈のものを刺激した。

――お互いのものを舐め合うなんて……恥ずかしいけれど……。

あまりの淫らな行為による熱気に、頭が茫然としてきてしまう。ただ、彼を喜ばせようと無意識に舌だけでなく、唇でも締めつけて、肉棒を愛撫した。

「ん、ああっ……すご、い……あ、んっ、ああっ！　んんっ！」

肉棒は愛撫でさらに興奮し、大きくなっていく。

明鈴の口には入りきらないほどになってしまう。初めてのことで、時折、喉の奥に肉棒の先端を自分で突き立ててしまう。

「無理はするな」

心配した琥燈の声が聞こえる。しかし、それも興奮したものだった。

「大丈夫。少し慣れて……きたと思う」

「だったら、もっと頭を動かしてみてくれるか？」

よくわからないけれど、口に入れたまま、上下に振ってみる。やったところで、その動きが抽送と同じことだと気づいて、恥ずかしくなった。

どれだけ恥ずかしいことをしても、やはり新しいことをするたびに真っ赤になってしまう。

「そうだ、その調子だ」

「……あっ！　んっ！」

琥燈の吐息が秘部にかかる。

甘い声を上げながら、明鈴は夢中で肉棒を扱《しご》き続けた。

やがて、琥燈のものが爆発しそうなほどビクビクし始める。

「明鈴……」

切なく、吐息混じりの声で琥燈が名を呼ぶ。

「私も……琥燈……」

言葉はいらなかった。

お互いの身体が、身体を求めている。繋がりたい。

このまま肉棒を秘部へと導こうと思い、腰を上げたのだけれど、琥燈がそれを止めた。

「今夜のところ、淫らさはもういい。お前に触れていたい。抱きしめたい——離さない」

「……きゃっ！」

上に跨がる明鈴の身体を強引に引き寄せると、横へと倒し、腕を回してくる。寝そべり、背後から琥燈に抱きしめられていた。

「あっ……琥燈……好きです、それ」

締めつけられていること、肌が触れていること、これほど安心できることはない。

「俺のほうがずっとお前を好きだ。もう二度と離さない。離すものか」

痛いほどに強く抱きしめられる。

彼の雄々しい熱が、腿の後ろに当たったけれど、もう怖くなかった。

「明鈴……」

熱杭の先が媚肉を割り、柔襞を愛液によって滑りながら、挿ってくる。

「あっ……ああっ……」

後ろから抱かれる安堵した体勢は、彼に包まれていることによって、揺るぎない繋がりへとなる。

横たわって、触れ合って、包まれて。

身体の中心を合わせるように、ぴったりと心を合わせるように、繋がる……。

琥燈がゆっくりと腰を振り出し、明鈴は自分も少し動きながら、それを深くまで受け入れる。

「あっ、んっ……ふっ、あっ……ああっ、あ……あっ……」

熱くて溶け合いそうな身体が、快感を運んできた。

淫層が求めて、肉杭が欲望を滾らせて押し入ってくる。

振れ幅は激しくなり、強烈な快楽が沸き起こっていく。

心に火が灯り。

燃え上がり。

乱れて――。

身体の全部で彼を感じる。深く深く繋がっている。

「あんっ……あっ、ふぁっ……あっ……ああ……っ！　琥燈……っ、あっ……」

「愛している――明鈴……」

ぎゅっと抱きしめられ、最奥をぐりっと灼熱が押す。

戦慄きが身体に起こり、薄目をとろりと開けた視界に、絢爛《けんらん》な花がちかちかと降る。

幸福で目が眩《くら》みそうな輝き……。

微かな呻きを上げて、膣奥で、琥燈が熱を放つ。

それは明鈴の四肢を中央から震わせて、幸福の悦楽へと誘《いざな》う。

「あっ、んっう……あああぁ――私も……愛しています……あっ……」

甘く叫んだ明鈴の声。

琥燈がそれをたっぷりと味わってから、極上の熱い息を吐いて満足げに笑う。

くすぐったい息づかいが、明鈴の胸を震わせた。

## 【エピローグ】平穏を乗り越えた先にある極上なもの

天福捧寿《てんぷくほうじゅ》の広場は、水犀殿の一番高い場所にある。

円形の土台に、魔除けの尖った石が取り囲むそこには、皇族しか上がることを許されない。

今そこに、二人の皇族が並び、眼下に集まった人々の祝福を受けていた。

一人は水犀国の皇帝。

もう一人は、たった今、結婚の儀を終えて誕生した皇妃――明鈴。

琥燈は、水犀国の結婚装束を身に着けていた。金と緋の豪華絢爛な衣には、水面で仲睦まじく泳ぐ鴛鴦《えんおう》が描かれている。

明鈴もまた結婚装束を纏い、彼の横に堂々と立っていた。

きっちりと結い上げた髪には、後光のように金ぴかの簪が挿さっている。花びらのような飾りが、しゃらしゃらと幸福の音を立てる。

高い場所のせいか、風が強かった――。

しかし、幾ら風が衣を靡《なび》かせ、二人の身体ごと舞い上げようとしても、翻るのは装束だけ。

伸ばした片方の手を、それぞれ固く結んだ二人は、威風堂々《いふうどうどう》としている。

ぬけるような青空に琥燈が目を細めた。

「————俺が皇帝になった時、初めてここに上った。今日で二度目だ」

風に乗って耳へ届いた感慨深い声に、明鈴が彼を見る。

琥燈が続けた。

「あの時は曇天で遠くは霞がかって見えたが、今は遥々見渡せる」

「本当に、青くてきれいな空。水犀国が一望できて……鳥になった気分。琥燈の前世のおかげだね」

凧に負けない声で、明鈴がはきはきと景色を見ながら声を響かせる。

「お前が横にいて、視界が広がったせいだと言いたかったんだが……」

ばつの悪い、困ったような仕草で、琥燈が軽く首を振った。

振りながらも、明鈴が言うならそうかもしれないな————と、彼はひとりごちる。

「空を飛ぶように見渡せて、うんと先まで見通せるから、琥燈が治める水犀国はずっと平穏で、安泰だね」

繋いだ手に明鈴が力を込めて、琥燈もまた握り返す。

「お前が望むのなら、ずっと平和にしてやる」

「はい」

晴れやかな明鈴の顔は、幸せに満ちていた。

あれだけこだわっていた平穏を乗り越えたところには……。

さらに極上の幸せが待っていたのだから――。

「よーし、祝いは十分に受けたたな。頃合いだ」

琥燈が目を輝かせて、持ち手のついた籠を取りだす。明鈴もまた、多くの花がついた装飾籠をひょいと持ち上げる。

それを合図に、文官、武官、万寧や帰国した明鈴の母に陽桜、くじびきで選ばれた侍女達が水犀殿の屋根へ、籠をもって一斉に上がった。

「これより、無礼講――!」

白晶が声高に叫び、中庭でぎゅうぎゅうになった人々がさらにわっと沸く。

祝いを述べに集まった水犀国の民は、皇帝の代替わりの時の十倍はいた。

結婚の儀には、おまけがあったから……。

「そー、れぇ――!」

明鈴と琥燈が声を合わせて、籠から取りだした祝いの小さな丸い包みを投げた。

一つずつの包みには、祝いの紐が花の形に結ってある。

「行きますよ――っ! 祝福をっ!」

続けて、屋根に乗った者も、籠からそれを取りだし撒いていく。包みは籠に山となっている。

「皇妃様に幸せあれ~っ! 水犀国に繁栄あれ――」

それは、食べれば無病息災と言われる鄧桃饅頭だった。

次々と天福捧寿の広場と、屋根上から投げられて、人々のいっぱいに伸ばした手で、衣で、ある者は用意周到な裏返しにした竹笠で、一つ残らず受け止められていく。

祝いの日に、饅頭が水犀殿に降る――――！

気前の良い知らせは、皇帝の代替わりには関心がなかった水犀国の人々の心を強く打った。

明鈴の立后には大いに興味を持ってもらいたい。知らしめなければならない。

そんな風に琥燈が考え、鄧桃天心楼の成り立ちを知り、万寧の行動を見習った策である。

「お前が俺のものだと、宣言して、自慢しなければならないからなっ！」

言い放つと同時に――――。

琥燈が大きく弾みをつけるように身体を引き、鄧桃饅頭をうんと遠くへ投げる。

それは青い空にぐんと吸い込まれてから、長い長い弧を描き、中庭の門から押し出された祝福に訪れた幼子の手へ、ぽんっと届いた。

end

# あとがき

こんにちは、柚原《ゆずはら》テイルです。

数多くの本の中から『転生して豪商娘だったのに後宮入りですか⁉』をお手に取っていただきまして、誠にありがとうございます！

今作は、前世が激務だったヒロインへのご褒美なのか、記憶ありで転生して、中華風の世界で豪商娘として何不自由なく生きていたのに後宮入り⁉　な、お話です。

後宮なんて危険な場所には絶対に行きたくないのが明鈴の本音です。平穏な日常ががらりと変わるのって怖いですよね。

期待と好奇心は、少ーしだけ胸の奥にあるのですがっ……！

この作品を読んでくださった読者様は、どちらの成分が強いタイプでしょうか。

休日にお出かけの予定をしっかり入れたり、知らない場所へも飛び出せる方でしたら、とても憧れます。

おうち大好きで、たまに外食してもいつも同じメニューで冒険しないよ、という方でしたら同志です。

明鈴が皇帝である琥燈に追われる攻防、そして陰謀たっぷりの後宮生活を、どちらのタイプの読者様にも楽しんでいただけますと幸いです。

この場をお借りしまして、素敵なイラストを描いてくださいましたＳＨＡＢＯＮ《シャボン》様に、心よりお礼申しあげます！

豪華絢爛な、楽しそうな二人の表紙でお手に取っていただいた読者様も、とても多いかと思います。

キャラクターデザインやカバーラフをいただいた段階で、私は嬉しくてずっと小躍りしていました。

なんて美人さんの明鈴！　作中の身体と心が折り合いをつけて大人になっていくイメージを、丁寧にくみ取っていただき、華やかな衣装や装飾や髪形も、どストライクっ！　感涙です。そして、俺様なのに茶目っ気のある琥燈の雰囲気。もうもう、ときめきすぎて言葉になりません。

どこまでご理解が深いのでしょうか！　本当にありがとうございます。

また、すでに結構な数の作品で意気投合しているのに、その上を行く勢いでどんどん息が合ってくる担当編集者様、いつも的確なご指導ありがとうございます。これからも、どうぞよろしくお願いいします。

さらに、この本にかかわって下さったすべての皆様へ、感謝致します。

これからも精一杯、ラブとエロスとエンタメをお届けしたいと思います！

柚原テイル

Jewel
ジュエルブックス
柚原テイル
Illustrator SHABON
異世界で身代わり姫になり覇王に奪われました
燃え！も萌え♥も全部入り

ファンレターの宛先
〒102-8584 東京都千代田区富士見1-8-19
株式会社 KADOKAWA アスキー・メディアワークス ジュエルブックス編集部
「柚原テイル先生」「SHABON先生」係

http://jewelbooks.jp/

# 転生《てんせい》して豪商娘《ごうしょうむすめ》だったのに後宮入《こうきゅうい》りですか!?

2016年6月25日　初版発行

著者　柚原テイル

イラスト　SHABON

発行者 ────── 塚田正晃
発行 ─────── 株式会社 KADOKAWA
〒102-8177 東京都千代田区富士見2-13-3
プロデュース ── アスキー・メディアワークス
〒102-8584 東京都千代田区富士見1-8-19
03-5216-8377（編集）
03-3238-1854（営業）
装丁 ─────── Office Spine
印刷・製本 ─── 株式会社暁印刷



小社ホームページ http://www.kadokawa.co.jp/
Printed in Japan
ISBN 978-4-04-892140-4 C0076